당신이 나의 백신입니다

당신이 나의 백신입니다

감염병과
혐오의 시대,
의사 김동은이 만난
아름다운 사람들

김동은 지음

한티재

늘 나에게 백신이 되어주는

사랑하는 아내와 두 딸에게

추천의 글

백도명
서울대 보건대학원 교수

인간의 人은 '사람'이요, 間은 '사이'입니다. 즉 "사람과 사람 사이에 사람이 있다"는, 알 듯 모를 듯한 말입니다. 하나의 개체로는 제대로 된 사람이 되지 못하고, 서로 연결되어야만 비로소 사람이라는 존재가 된다는 뜻이 아닐까 싶습니다.

의대를 지원하면서 '인간미 넘치는 의사'가 되기를 다짐했던 김동은 선생의 일화 속에 등장하는 '인간'이라는 말의 의미를 곱씹어 봅니다. 김동은 선생이 만난 많은 사람들의 이야기에서, '더불어 사는 삶'의 다양한 모습과 의미들이 사람과 사람 '사이'를 채우고 있는 것을 보게 됩니다.

병원의 위계구조를 넘어 동료로서 만나는 간호사들, 중병

속에서도 버릴 수 없는 삶을 어렵게 지켜내야 하는 환자들, 뻔히 보이는 병인데도 외국인이라는 이유로 삶의 궤적 자체가 흔들려야 하는 이주노동자들, 나눔을 받는 것도 미안한 세월호 피해 가족들, 동물원에 갇혀서야 보호되는 희귀 원숭이들, 대구의 폭염을 고스란히 견뎌야 하는 쪽방촌 주민들, 호스피스 병동에서 마주하는 죽음들, 캄보디아 헤브론병원과 북한 만경대어린이종합병원을 만들고 운영하면서 부딪히는 사람들, 발개돌이 공부방에서 만난 북한이탈주민 자녀들, 코딱지 후비는 아이들, 먹방 유튜버들, 그리고 수면 부족 수험생들…. 그 다양한 이웃들과의 만남과 나눔 속에서, 가운 입은 의사로서가 아니라 더불어 사는 한 인간으로서의 마음과 고민, 그리고 그 마음과 고민이 합쳐진 희망을 봅니다.

국민건강보험, 영리병원, 태움, 인보사 사태, 731부대, 로봇수술 등 우리 사회 의료와 건강, 윤리와 인권에 관한 다양한 주제들에 대해 김동은 선생은 한 사람의 의사로서 치열하게 성찰하고 있습니다.

그러나 그러한 성찰은 특수한 직업으로서 의사의 시각을 넘어, 사회 전체의 구조적 문제를 바라보는 균형 있는 통찰이자 근본적인 지혜입니다.

늘 이웃들 속에 있는 분, 소탈하고 멋있고 재치 있고 여유

있는 모습으로, 인생은 정답이 따로 있지 않지만 그 답안지를 작성해볼 수도 있음을 실천으로 보여주는 분, 가진 것을 나누고 다른 사람과 함께하는 삶 속에서 사는 의미가 발견된다는 지혜를 나누어주는 분.

그런 의사가 우리 사회에 있어 우리들 사이의 의미가 채워지고, 그를 통해 내가 아프지 않다면, 이 책의 제목은 단지 홍보를 위한 문구가 아니겠지요. "당신이 나의 백신입니다."

2020년 봄, 관악산에서

추천의 글

김제동
방송인

처음 김동은 쌤(저는 이렇게 불러요^^)을 만났을 때 어쩜 이렇게 사람을 편하게 해주실까 하는 생각이 들었어요. 책에 추천사를 부탁할 때도 굳이 찾아오겠다고 해서 제가 괜찮다고 이야기했어요. 남자 둘이 뭐하러 굳이 만나냐고. 하하….

쌤이 있는 대구로 갔을 때 김동은 쌤이 한 첫 이야기가 환자분들, 그리고 간호사님들과 병원 직원분들이 진짜 고생이 많으시고, 본인은 딱히 하는 일이 없다는 거였어요. 근데 얼굴은 너무 피곤해 보여서 안쓰러웠고.

다른 모든 사람들도 그랬겠지만, 대구에서 만난 분들은 힘들고 어려운 일 가운데서도 서로를 챙기고 눈 맞추는 일로 행복을 만들어내는 사람들이었어요. 하지만 이들은 영웅이고 천사이기 전에 사람이고, 일을 하는 노동자이고, 누군가의 가족이고, 평범하지만 멋지고 존엄한 우리 이웃들이지요. 이 책은 그들의 이야기이고, 우리의 이야기이지요.

저는 우리가 힘들고 어려울 때, 우리가 아플 때 우리를 보호하는 보호자들이 평소에 잘 보호받아야 한다고 생각합니다.

김동은 쌤의 이 책이, 어려울 때 함께 길을 건너온 우리에게 위안과 평화가 될 거라고 믿어요. 또 앞으로 우리가 어떤 마음으로 함께 길을 걸을지에 대한 어렴풋한 지도가 될 거라고 믿어요.

김동은 쌤에게, 의료진 여러분들에게, 잘 견뎌주신 환자분들에게, 보이지 않는 곳에서 헌신한 수많은 우리에게….

모두 '당신' 덕분입니다.

책을 펴내며

"어떤 의사가 되고 싶습니까?"

25년 전 의과대학 면접시험에서 한 원로 교수님께 받은 질문이다. 한참을 대답하지 못했던 것 같다. '족보'에 나와 있던 질문이기에 당연히 답도 외우고 있었다. 첫째 가난한 사람들을 위해 봉사하는 슈바이처 같은 의사, 둘째 대한민국에서 최초로 노벨 생리의학상을 받는 의사. 그런데 그렇게는 선뜻 말이 나오지 않았다.

"인간미가 넘치는 의사가 되고 싶습니다."

순간 책상 위 채점 용지만 보고 있던 세 분의 면접관이 동시에 고개를 번쩍 들었던 기억이 난다.

의과대학 공부는 늦깎이 의대생에게 버거웠다. 수많은 과목을 외우고 또 외워야 했다. 시험을 칠 때마다 죽을 맛이었다. 서로서로가 무한 경쟁자였다. 의대에서 '인간미' 같은 것을 생각한다는 건 위험천만한 것이었다. 물론 의대 교과목 어디에도 '인간미'를 가르치는 내용은 없었다.

우여곡절 끝에 의사가 되었다. 그러나 더 힘든 수련 과정의 시작이었다. 인간미는 고사하고 최소한의 인간성을 지키는 일조차 힘들었다. 잠이라도 충분히 자고 싶은 전공의 시절에 인간미를 생각한다는 건 사치였다. 전문의를 만들기 위한 수련은 혹독했지만, 인간미를 수련하는 과정은 찾아볼 수 없었다.

전문의가 되고 전임강사가 되고, 어쩌다 대학병원에서 교수라는 명찰을 단 의사가 되었다. 배우는 입장에서 이제는 무엇인가를 가르쳐야 하는 입장이 된 것이다. '의사의 길'을 묻는 후배들 앞에 올바른 이정표가 되어야 했다. 그래서 의사라는 직업의 올바른 가치, 태도, 철학을 가르치는 의료인문학, 의료윤리학 같은 수업 준비에 정성을 다했다. 천박한 의료기술자가 아니라 사람의 향기를 느낄 수 있는 '좋은 의사'가 되어야 한다고 목청을 높였다. 그러나 부끄러웠다. 나는 과연 그런 의사로 살고 있는가.

좋은 의사는 되지 못하더라도 후배들 앞에 부끄럽지 않은 의사가 되고 싶었다. 환자들이 힘겹게 병을 고쳐가는 과정에서 인간미를 느낄 수 있는 의사가 되고 싶었다. 생명보다 돈이 우선시되는 의료 환경에 저항하는 의사가 되고 싶었다. 건강할 권리마저 위협받는 소외된 이웃들의 목소리를 대신 전하는 의사가 되고 싶었다. 혐오가 만연한 우리 사회의 편견과 차별에도 맞서는 의사가 되고 싶었다.

틈틈이 글을 썼다. 글을 쓰고 싶었던 게 아니라 세상을 향해 말을 하고 싶었던 것인지도 모르겠다. 초심을 매순간 떠올리지 않으면 어느새 다른 길로 접어들기에 출발점에서의 다짐을 잊지 않으려 했다. 이 책은 의사의 길을 걷기 시작할 때 '인간미가 넘치는 의사'가 되겠다고 했던 다짐을 다시 떠올리려는 나의 간절한 몸부림이기도 하다.

1부에서는 대구에 코로나19 확진 환자가 급증했던 시기에 최전선이라 할 수 있었던 대구동산병원과 달서구 선별진료소에서 겪은 생생한 경험과 소회를 기록했다. 아울러 인권을 담은 방역과 포스트 코로나 시대 진정한 '뉴노멀(new normal)'에 대해 생각한다. 2부에서는 기쁨과 슬픔, 두려움과 희망이 교차하는 병원에서 의사가 환자를, 그리고 환자가 의사를 감동하게 한 따뜻한 이야기를 담았다. 3부에서는 아픈 몸보다 더 아픈 우리 사회의 편견과 차별에 힘겨워하는 사람들과 함께 울고 웃었던 이야기를 썼다. 4부에서는 내가 꿈꾸는, 돈보다 생명의 가치가 존중받는 병원과 세상을 만들기 위한 희망의 청사진을 그려 보았다.

부족한 글을 책으로 만들어 준 도서출판 한티재에 감사의 인사를 전한다. 한티재의 격려가 없었다면 이 책을 출간할 용기를 내지 못했을 것이다. 이 책에는 2017년부터 3년간 『매일신문』 '의창(醫窓)'에 기고한 칼럼을 개고한 글도 포함되어 있다. 지면을 내어 준 『매일신문』에도 감사드린다.

책을 준비하던 중 코로나19가 대구를 강타했다. 글쓰기를 잠시 멈추고 방호복을 입어야 했다. 걱정스러운 마음에 틈틈이 쪽방 주민들, 장애인들, 이주노동자들을 찾아갔다. 코로나19는 우리 사회 취약 계층과 어려운 이웃들에게 훨씬 가혹하게 다가왔다. 사람의 온기가 식어가는 감염병 시대를 맞아 그들은 사람의 향기를 그리워하고 있었다. 힘들고 어려운 때일수록 우리 모두 어려운 이웃을 더 돌아볼 수 있으면 좋겠다. 그러한 따뜻한 마음이야말로 함께 살아가는 세상을 위한 사랑의 백신이 될 수 있기 때문이다.

2020년 5월

김동은

차례

1부 코로나19, 대구에서

2부 사람의 향기

3부 혐오와 차별을 넘어

4부 내가 꿈꾸는 세상

1부

코로나19, 대구에서

"세상이 아프면 의사도 아파야 합니다"

"우리 병원 응급실이 폐쇄되었어요!"

간호사가 진료실로 달려오며 소식을 전했다. 대구에 첫 확진 환자가 나온 2020년 2월 18일 오후 3시경이었다. 연이어 대구지역 대학병원 네 곳의 응급실이 폐쇄되었다. 드디어 올 것이 왔구나.

"코로나 사태 대응을 위한 긴급 교수회의를 개최합니다. 2월 21일 아침 7시 30분, 세미나실."

2월 20일 밤 11시가 넘은 시간에 병원에서 문자메시지가 왔다. 분위기가 심상치 않다는 느낌이 들었다. 밤 11시가 넘은 시간에 긴급 교수회의 소집 문자라니. 거기다가 '코로나바이러스 감염증'은 이미 '코로나 사태'가 되어 있지 않은가.

다음날 회의에서 병원장은 부속병원 중 하나인 계명대학교 대구동산병원이 공공병원인 대구의료원과 함께 '코로나19 전담 병원'이 되었다고 통보했다. 대구에 확진 환자가 급증하자 지난밤 급하게 내려진 결정인 듯했다.

두 병원에 갑자기 '소개령(疏開令)'이 떨어졌다. 코로나19 환자를 받아야 하므로 병실에 입원해 있던 환자들을 당장 퇴원시키거나 다른 병원으로 전원하라고 했다. 갑작스러운 결정에, 암치료 등을 위해 대구의료원에 장기간 입원 중이던 환자들이 가장 큰 혼란을 겪었다. 갑자기 옮겨 갈 병원을 구하기 쉽지 않았다.

"일주일, 아니 최소한 3일 전에라도 미리 말해야 하는 거 아닙니까?"

애꿎은 간호사에게 항의가 쏟아졌다. 대구시가 코로나19 확산에 대비해 미리 병상을 확보하지 않아 발생한 피해가 고스란히 시민들에게 전가되고 있었다.

"선생님, 장애인 한 분이 확진을 받았는데 입원할 병실이 없어요."

첫 환자 발생 후 일주일쯤 지났을 때 장애인 인권단체 활동가의 다급한 전화를 받았다. 장애인이 코로나19 확진을 받으면 생활 지원도 함께 필요한 상황이었다. 서둘러 장애인 환자를 위한 별도의 지정 병원이나 병동이 대구에 있는지 알아봤지만 준비되어 있지 않았다. 확진을 받은 장애인은 상주 적십자병원까지 이송되어야 했다.

코로나19 확진을 받거나 자가격리되는 활동지원사가 늘어나면서 장애인을 도와줄 사람이 부족했다. 장애인 인권단체 활동가가 방호복을 입고 자가격리 중인 장애인을 돕는 '동행 격리'에 들어가기도 했다. 장애인은 감염병에 더 취약할 수밖에 없음에도 돌봄 공백을 메울 수 있는 대책도, 치료를 위한 별도의 가이드라인도 없었다.

"선생님, 장애인 분들이 검사를 빨리 받을 수 없을까요?"

확진 환자와 가까이에서 지냈던 장애인들은 걱정스러운 마음에 코로나19 검사를 원했다. 보건소에 여러 번 전화해 봤지만 연결이 잘 되지 않거나 연결되어도 기다리라고만 했다. 감염병 확산 시 장애인을 위한 별도의 검사 체계 역시 없었던 것이다. 연락을 받고 수소문해보니, 대구의료원 선별진료소가 아침 교대 시간에 비교적 여유가 있었다. 다음날인 삼일절 아침 8시에 장애인들과 대구의료원에서 만났다. 진료 의사에게 자초지종을 말하고 겨우 바이러스 검사를 받을 수 있었다.

코로나19가 확산되자 대구지역 무료급식소도 문을 닫았다. 노숙인과 쪽방 주민들이 어떻게 지낼지 걱정되었다. 3월 초쯤이라면, 쌀, 손 소독제, 마스크 등이 든 꾸러미를 들고 쪽방상담소 활동가와 함께 쪽방촌을 찾아갔다. 모두가 힘든 시기였지만 쪽방촌은 더욱 힘들어 보였다. 코로나19 확산으로 자원봉사자들의 도움을 받기 힘든 상황이라 지원 물품을 직접 전달하며 하루 종일 고생한 활동가들이 고마웠다.

건강보험에 가입할 수 없는 미등록 이주노동자들 역시 방역의 사각지대에서 고통을 겪었다. 그들은 '공적 마스크'를 구매할 수도 없었다. 바이러스는 국적을 가리지 않았지만 마스크는 국적을 가려 공급되었다. 이주노동자센터 활동가들은 시민들에게 기증받은 마스크를 모아 이주노동자들에게 직접 전달했다. 그 마스크에 붙여진 이름은 '평등 마스크'였다. 모든 감염병이 그러하듯 코로나19 바이러스도 우리 사회 취약계층에게 더 가혹하게 다가왔다.

대구에 코로나19 확진 환자가 급증하자 의료 인력이 부족하다는 소식이 들려왔다. 대구경북 인도주의실천의사협의회(대경인의협) 회원들 사이에 코로나19 현장으로 달려가야 한다는 목소리가 나오기 시작했다. 그런데 막연히 의료 인력이 부족하다는 호소만 있을 뿐, 구체적으로 어디에 몇 명의 의사가 필요한지 알 길이 없었다. 코로나19 감염병 전담 병원인 대구동산병원의 상황을 살펴보니 경증 환자가 많아 의사가 할 일이 그리 많지 않았다. 대구의료원 선별진료소에도 직접 가 보았다. 많은 시민들이 검사를 받기 위해 줄을 서 있었다. 의사들은 문진과 검체 채취를 하느라 잠시도 쉴 틈이 없었다. 24시간 근무했다는 의사도 있었다. 간호사들 역시 인력이 부족해 하루 2교대로 근무하고 있었다. 그래서 대경인의협은 선별진료소에 힘을 보태기로 했다.

때마침 보건복지부에서 대구 달서구에 선별진료소를 추가로 설치하기 위해 의사를 찾고 있었다. 복지부와 협의를 거쳐 인도주의실천의사협의회(인의협) 소속 의사들이 달서구 선별진료소를 맡기로 했다. 특히 취약 계층이 언제라도 부담 없이 검사를 받을 수 있는 진료소로 만들고자 했다. 곧바로 인의협 회원게시판에 선별진료소에서 자원봉사할 회원들을 모집한다는 글을 올렸다. "아무도 지원을 안 하면 어떡하지?" 하는 걱정도 있었다. 그러나 기우에 불과했다. 하루 만에 스무 명이 넘는 회원들이 진료 의사로 자원했다. 막 인턴을 마친 새내기 의사부터 원로 교수까지 동참했다.

"아무래도 월요일부터 선별진료소에 나가야 할 것 같아."

저녁을 먹으며 가족들에게 알렸다. 며칠 전부터 진료 일정을 조율하느라 다른 사람들과 통화하는 내용을 들어서인지 아내는 예상을 하고 있었다. 걱정하는 눈빛이 역력했다. 고맙고도 미안했다.

결국 부모님께는 제대로 말씀을 드리지 못했다. 너무 걱정하실 것 같았다. 그러나 이미 눈치를 채셨는지 무뚝뚝한 아들에게 직접 묻지는 못하시고 손녀에게 전화해 "아빠가 요즘 선별진료소 같은 곳에서 일하는 건 아니지?" 하고 물어보셨다고 해서 뜨끔했다. 특히 어린 딸아이에게 미안했다. 어릴 때부터 하루에 한 번은 꼭 안아주기로 약속했는데, 선별진료소에서 일하면서 안아주지 못했다. 방호복을 입고 소독을 철저하게 하므로 감염의 가능성은 거의 없지만, 혹시나 해 집에 오면 구석방에서 혼자 지냈다. '사회적 거리 두기'에다 '가족과의 거리 두기'까지 하느라 조금 힘들었다.

하루는 선별진료소에 가기 위해 이른 아침에 집을 나서는데 방문 앞에 손편지가 놓여 있었다. "아빠, 요즘 힘들지? 꼭 조심해야 해. 그리고 사랑해." 딸아이가 쓴 글을 읽으며 눈시울이 뜨거워졌다.

"선생님, 처음 인사드려요. 저는 안과 의사 조아란인데요. 대구에 가서 돕고 싶습니다."

서울에 사는 젊은 인의협 의사의 전화였다. 병원에 한 달간 휴가를 내고 2주간 봉사하고 2주간 자가격리 후 복귀할 계획이라고 했다.

"많은 도움은 안 되겠지만 제가 선별진료소 한 곳을 맡아서 일하는 동안 대구의 다른 의료진이 숨을 돌릴 수만 있어도 좋겠어요."

그는 진료소에 머문 2주간 단 하루도 쉬지 않고 진료 의사로 열심히 봉사했다. 불안한 마음으로 선별진료소를 찾은 대구 시민들을 너무나 따뜻하게 대해 주변 사람들에게 큰 감동을 주었다.

"저는 부산 서면에 개원하고 있는 가정의학과 의사 백미영입니다. 2주간 병원 문을 닫고 대구로 가려고 합니다. 제가 도울 일이 있을까요?"

자신의 생업도 포기하고 대구로 달려오겠다는 선생님도 있었다. 다음날 선별진료소에 커다란 여행용 가방을 들고 나타난 선생님은 그야말로 선별진료소의 '분위기 메이커'였다. 의료진이 지쳐 있을 때마다 멋진 노래와 율동, 그리고 재미있는 이야기를 선사해 많은 이들이 다시 힘을 낼 수 있었다.

"고생이 많으시지요. 백도명입니다."

"네? 백도명 교수님이시라고요?"

평소 존경하던 백도명 교수님이 직접 전화를 하셨다니 처음에는 믿기가 어려웠다.

"대구에 의사가 많이 부족하다고 하는데, 저라도 가야 할 것 같아서 연락했습니다."

삼성전자 노동자들의 백혈병 발병에 대해 "업무 관련성이 있다"는 소신 있는 의견을 냈으며, 가습기 살균제와 폐 손상의 인과관계도 밝혔던 백도명 교수님이었다. '노동자들의 의사'라 불리는 교수님이 대구로 달려오시는 모습을 보며 크게 감동했다. 정년퇴임을 일 년 앞둔 연세였지만 방호복을 입고 젊은 의사들 못지않게 열심히 문진과 검체 채취를 하셨다. 불안해 하는 시민들에게 따뜻한 말씀을 전하는 것도 잊지 않으셨다.

"코로나19 확산으로 사회적 거리를 두는 것은 어쩔 수 없지만, 그 역작용으로 취약 계층이 소외되지 않을까 걱정입니다." 교수님의 염려는 우리 사회 취약 계층에 가 있었다. "타인의 건강을 배려하고 자신의 역할에 따르겠다는 사회적 관계 맺기가 병행되어야 합니다." 원로 인의협 회원인 교수님이 선별진료소를 떠나며 남긴 말씀은 젊은 인의협 의사들의 마음에 큰 울림으로 남았다.

대경인의협 소속 이십여 명의 의사와 서울과 부산 등 전국에서 달려온 인의협 의사들은 3월 2일부터 4월 5일까지 주말에도 쉬지 않고 선별진료소에서 자원봉사 활동을 펼쳤다. 3월 3일 470명을 정점으로 하루 300~400건의 검체를 채취했다. 감염력이 높은 바이러스 질환일수록 빠른 진단이 중요한데 대구의 코로나19 확산 초기에 달서구 선별진료소가 큰 역할을 했다는 평가를 받았다.

"의사는 아픈 사람들이 있다면 그 누구든 어디에 있든 달려가야 하고, 그들의 처지에서 치료를 해야 합니다."

인의협 초대 이사장을 지낸 서울대 명예교수 홍창의 선생님의 말씀이다. 선별진료소에서 땀을 흘렸던 의사들은 특별한 일을 한 것이 아니라 당연히 해야 할 일을 했다고 생각했다. 의사이기에 감염병 확산으로 고통을 겪고 있는 사람들 가장 가까운 곳에서 아픔을 함께 나누어야 한다는 소명 의식이 그들을 '코로나19와의 싸움' 최일선에 서게 했다. 홍창의 선생님의 말씀을 가슴에 안고서.

"세상이 아프면 의사도 아파야 합니다."

선별진료소의 하루

대구에 코로나19 감염증 환자가 급증하면서 대구의료원과 기존 보건소의 선별진료소만으로는 검사 수요를 감당하기 어려웠다. 보건복지부는 대구에 추가로 선별진료소를 설치하기로 했고, 인의협은 달서구 코로나19 임시 선별진료소를 맡았다.

2020년 3월 2일, 드디어 달서구 선별진료소가 문을 열었다. 세계적으로 주목을 받은 '드라이브스루(승차 검진)'형 선별진료소였다. 달서구 노인종합복지관 주차장은 구불구불 경사진 커브 길로 유명한 샌프란시스코 롬바드 길과 유사해 드라이브스루형 선별진료소를 설치하기에 안성맞춤이었다.

오전 8시 30분이면 진료에 참여할 의사, 간호사, 간호조무사, 군 인력, 파견 공무원 등이 모여든다. 검사를 받기 위해 온 차량은 이미 긴 줄을 이루고 있다. 서둘러 레벨 디(D) 방호복으로 갈아입고 고글과 페이스 실드를 쓴다. 처음 온 새내기 의사에게는 숙달된 선배 의사가 곁에서 탈착의 법을 자세히 가르쳐준다. 방호복은 입는 것도 중요하지만 벗는 것이 더 중요하다. 진료 과정에서 방호복 표면이 바이러스에 오염될 수 있기 때문에 벗을 때 바짝 신경을 써야 한다. 매번 약간의 긴장감이 흐른다.

선별 진료를 위해 '완전 무장'을 하고 나면 옆 사람이 누구인지 알아보기 힘들다. 말을 알아듣기 힘들 때도 있다. 검사 과정에서 원활한 소통을 하려면 누가 누구인지 잘 알아볼 수 있어야 한다. 그래서 서로 방호복 등판에 굵은 펜으로 이름을 큼직하게 적어 준다. 이름만 적는 것은 아니다. '인의협의 공유 김동은'(참고로 헤어스타일만 공유와 비슷하다)처럼 별명이나 애칭도 적어 준다. 예쁜 하트를 잔뜩 그려 넣기도 하고, 생일을 맞은 동료의 등에는 예쁜 케이크도 그려 준다.

아침 9시, 코로나19를 물리치기 위한 '출격 준비'가 완료되면 모두 모여 "파이팅"을 외친다. 자신의 이름을 먼저 부른 후 파이팅을 외치는 것이다. "김동은, 파이팅!" 진료를 앞두고 긴장을 푸는 우리만의 노하우다.

달서구 임시 선별진료소에는 네 개의 진료 부스가 설치되었다. 부스마다 의사 한 명, 간호 인력 두세 명이 팀을 이룬다. 진료소 입구에서는 군에서 파견 나온 씩씩한 장병들이 대기하고 있는 차량을 안내한다. 먼저 접수를 하고 진료에 필요한 문진표를 작성하게 된다. 다음 단계는 의사의 문진이다. 차에 탄 채로 창을 조금만 내리게 한 후 발열, 기침, 호흡곤란 등 코로나19 감염증을 의심할 만한 증상이 있는지 묻는다. 아울러 고혈압, 당뇨 등을 포함한 기저질환이 있는지도 확인한다.

문진 결과 바이러스 검사가 필요하다고 판단되면 검체 채취에 들어간다. 코로나19 바이러스가 많은 것으로 알려진 코와 목의 후방 깊은 곳에 긴 면봉을 넣어 검체를 채취한다. 가래 증상이 있는 경우에는 가래를 담을 수 있는 통을 차창으로 건네면 피검자가 창문을 닫고 차 안에서 직접 담아 밖으로 전달한다. 검체를 채취하기 위해 면봉을 콧속 깊숙이 넣으면 아프다고 짜증을 내는 분도 있었다. 환자가 급증하는 바람에 검체가 많이 밀려 있어 검사 결과가 2~3일 뒤에 나온다고 말씀드리면 화를 내기도 했다. 코로나19로 힘들고 불안한 마음이라 그럴 거라고 이해했다. 차창을 올리며 "정말 고맙습니다",

"힘내세요"라며 고마워하고 응원해주는 시민들이 훨씬 더 많았다. 자신보다 의료진이 더 필요할 것 같다며 '금스크'라고 불릴 정도로 귀했던 마스크를 스무 장 남짓 챙겨 온 어르신도 계셨다. 돌려드리느라 애를 먹었다.

마지막 부스에서 타고 온 차량에 대한 소독을 받으면 모든 과정이 끝난다. 드라이브스루 선별진료소에서 검사를 받는 데 드는 시간은 평균 10분 정도다. 30분 이상 소요되던 일반 선별진료소에 견줘 훨씬 빨리 검사를 받을 수 있다. 신속한 검사가 드라이브스루 방식의 가장 큰 장점이다. 방호복을 매번 갈아입을 필요가 없어 방호 물자도 절약할 수 있었다. 의료진과 검사를 받으러 온 피검자 간의 접촉이 최소화되어 감염에 대한 안전성이 보장되었다.

"드라이브스루 방식에 대해 자세하게 설명해주실 수 있나요?"

미국 시애틀에 있는 병원에 근무하는 재미교포 간호사로부터 연락을 받았다. 코로나19 환자가 급증하는 미국에서도 한국의 방역 시스템, 특히 드라이브스루 방식의 검사법에 대해 관심이 많다고 했다. 괜히 내가 뿌듯해졌다.

정신 없이 검체 채취를 하다 보면 방호복 안에 입은 옷이 땀으로 흠뻑 젖는다. N95 마스크를 쓰고 문진을 오래 하면 숨을 쉬기도 힘들다. 방호복을 입은 상태에서는 화장실을 다녀오기도 쉽지 않다. 일회용인 방호복을 아껴야 하기 때문에 세 시간 동안 화장실행을 줄이려 되도록 물도 마시지 않는다.

아침 9시에 시작한 오전 진료는 오후 12시 30분에 마무리된다. 12시가 가까워지면 배도 고프고 목도 마르다. 서로 말은 안 해도 점심시간을 기다리고 있는 걸 다 안다. 이때 중요한 것은 '가위바위보 배틀'이다. 식당에 가는 순서를 정하는 중요한 대결이다. 네 개 진료 부스를 대표하는 선수가 모여 한판 대결을 벌인다. 이긴 팀은 환호성을 지르지만 진 팀은 터벅터벅 다시 진료 부스로 향한다. 장기화되는 선별 진료 속에 지치지 않도록 만든 작은 장치들 덕분에 웃음을 잃지 않을 수 있었다.

하루는 식당에서 밥을 먹는데 군에서 파견 온 커다란 덩치의 장병들이 양이 모자라 보이는 도시락을 먹고 있어 마음이 안 좋았다. 그래서 다음날 인의협 선생님 한 분이 장병들이 잘 먹어야 한다며 삼계탕을 샀다. 그러자 다음날 한 장병의 부모님이 갈비탕을 내셨다. 그다음 날은 간호사 한 분이 맛있는 도시락을 준비했고, 그다음 날은 인의협에서 대구의 명물 '찜갈비'를 준비했다. 이렇게 서로서로 위하는 따뜻한 마음이 힘든 선별진료소 일을 지치지 않고 해나갈 수 있었던 원동력이다.

오후 4시 무렵이 되면 모두 서서히 지쳐 간다. 검사를 받으러 오는 차량 행렬이 잠시 끊어지면 어김없이 '분위기 메이커' 대원들이 등장한다. 선별진료소에서만 볼 수 있는 '방호복 댄스' 공연이 시작된다. 방호복을 입고 뒤뚱뒤뚱 춤추는 우스꽝스러운 모습에, 결코 웃을 수 없는 상황이지만 파안대소하며 잠시 피로를 잊는다.

일과를 마치는 건 저녁 6시다. 보건소에서 온 수거 차량에 검체를 실어주고 진료실을 소독하면 보람찬 하루 일이 마무리된다. 답답했던 방호복을 벗고 시원한 산바람을 맞으면 이보다 더 상쾌할 수는 없을 것 같은 기분이다. 아침에 "파이팅"을 외쳤던 자리에 다시 모여 하루를 평가하는 게 마지막 일정이다. 부족한 물품이나 개선해야 할 사항 등을 의논한 후 많은 국민들이 보내준 떡과 빵 등의 간식을 서로 나눈다. 답지한 작은 선물을 손에 든 채 내일 다시 만날 것을 약속하며 선별진료소를 떠나는 얼굴에는 고글을 오래 착용해 생긴 굵은 자국이 아직 선명하게 남아 있었다.

코로나19 최일선의 간호사

"코로나 때문이 아니라 힘들어서 죽을 지경이에요." 코로나19 격리병동 앞에서 만난 간호사가 지친 표정으로 한 말이다. 수술실 간호사였지만 간호 인력이 부족해 며칠 전 차출되었다고 했다. 투입된 대부분의 간호사는 감염병동 근무 경험이 없었다. 감염 환자 간호에 대한 교육도 거의 받지 못했다. 방호복 착용과 탈의에 관한 8분짜리 동영상을 본 것이 전부였다. 간호사 네 명이 50~60명의 확진 환자를 맡고 있다고 했다. 평상시 맡는 환자의 두 배가 넘는다. 배식은 물론이고 병동을 깨끗하게 정리하는 일까지 모두 간호사의 몫이었다. 너무 힘들어 우는 간호사도 있다고 했다.

"내일부터 격리병동에 들어가 간호사 일을 돕겠습니다."

병원장과 수간호사를 찾아가 말했다. 고맙다고 하면서도 의아해하는 눈빛과 우려의 눈빛이 섞여 있었다.

아침 6시 50분까지 병원으로 오라는 수간호사의 연락을 하루 전에 받았다. 휴대폰 알람 덕분에 새벽에 겨우 일어나 늦지 않게 병원에 도착했다. 환자가 가장 많은 52병동에 배치되었고, 3교대 근무 중 가장 바쁘다는 낮 근무 간호 A팀에 소속되었다.

우리 팀은 나를 포함해 총 다섯 명이었다. 전남 순천의 아동병원에 근무하다 대구로 달려온 간호사도 있었다. 우리 팀은 방호복을 입고 교대 시간보다 15분 일찍 병동에 도착했다. 밤 근무를 마친 네 명의 간호사가 기다리고 있었다. 매우 지쳐 보였다. 우주복을 입은 듯한 여덟 명의 간호사가 병동에 모여 환자에 대한 정보를 주고받는 모습이 비장해 보이기까지 했다.

오전 7시 30분, 업무를 시작하는데 수간호사가 가까이 오더니 의미심장한 한마디를 했다.

"교수님, 정신 없이 바쁠 땐 제가 교수님이라고 배려해 드리지 못해요."

"그럼요. 편하게 생각하시고 아무 일이나 시켜주세요."

웃으며 대답했지만, 고글 안으로 비치는 수간호사의 날카로운 눈빛에 살짝 긴장되었다.

격리병동에서 주어진 나의 첫 업무는 배식이었다. 병동에서 검체 채취도 돕고, 약도 나눠드리고, 병동 질서도 유지하는 등 다양한 일을 했지만, 가장 주된 업무는 배식이었다. 내가 배식을 하는 동안 간호사들이 다른 일을 할 수 있어 좋았다. 매일 아침 7시 45분경이면 커다란 박스 대여섯 개가 병동에 도착한다. 환자들의 아침 도시락이다. 배식표에는 환자의 이름 옆에 '상식(常食)' 또는 '연식(軟食)'이라고 적혀 있다. 밥과 죽을 잘 선별해서 배식해야 한다는 뜻이다. "작전 실패는 용서되지만, 배식 실패는 죽음이다"라는 군대의 불문율을 떠올리며 정신을 바짝 차렸다. 나중에는 간호사들로부터 실수 없는 '명품 배식'이라는 칭찬을 듣는 경지에 이르렀다.

"아침 식사 왔습니다!"

병실 문을 열고 이렇게 외치며 도시락을 테이블에 올려놓는다. '굿모닝'이라는 아침 인사로 들렸는지 몇몇 환자분들은 반갑게 아침 인사로 화답한다.

"병실에서 움직이지도 못하는데 자꾸 밥만 먹으면 어떡하노?"

"아직 코로나는 약도 없으니, 잘 드셔서 스스로 면역이 좋아져야 잘 낫지요."

열두 개 병실, 50명이 넘는 환자의 배식을 마치고 나면 방호복 안에 입은 수술복은 땀으로 흠뻑 젖는다. 숨도 가쁘고 정신도 약간 혼미하다. 그때 한 간호사가 다가와 뭔가를 건넨다. 냉동실에서 꺼낸 아이스팩 두 개였다. "교수님, 하나는 머리에 이고, 하나는 가슴에 안고 계세요. 훨씬 좋아질 거예요." 격리병동에서 열을 식히는 간호사들만의 노하우였다.

체력 소모가 심해, 방호복을 입고 격리병동에 근무하는 간호사는 두 시간 근무 후 두 시간 휴식을 취해야 한다. 오전 7시 30분에 낮 근무 A팀이 근무를 시작하면 9시 30분에 B팀과 교대한다. 멀리서 교대를 위해 병동으로 다가오는 간호사들은 천사같이 보인다. 그래서 간호사를 '백의의 천사(天使)'라고 하는 걸까? 하지만 지금은 '백의의 전사(戰士)'에 가깝다는 생각이 들어 혼자 피식 웃는다. 근무 시간은 정말 천천히 가는데 쉬는 시간은 총알같이 지나간다. 간호사들은 그 짧은 휴식 시간에도 무척 바쁘다. 컵라면이나 빵 등으로 허기부터 채워야 한다. 개학이 연기되어 집에 있는 아이들 걱정에 잠시 통화를 하다 보면 곧 두 번째 근무를 위해 다시 방호복을 입으러 가야 한다.

한 간호사가 거울 앞으로 나를 불렀다. "교수님, 고글 오래 쓰고 있으면 눌려서 엄청 아파요"라며 내 이마와 콧등에 굵은 반창고를 붙여주었다. 안 그래도 첫 두 시간 근무하는 동안 머리와 콧잔등이 엄청 아팠었다. 간호사들이 반창고를 얼굴에 덕지덕지 붙이는 이유를 알 것 같았다. 배려해주는 그 마음 씀씀이가 참 고마웠다.

코로나19 확산을 맞아 바이러스 감염의 위험 속에서도 환자 곁을 24시간 지킨 사람들은 바로 간호사였다. 하루하루 지쳐 갔지만 사명감으로 끝까지 버텼다. 환자와 가능하면 접촉을 피하라고 했지만 간호 현장을 모르는 소리다. 밥도 먹여 드려야 하고, 자세도 바꿔 드려야 하고, 옷도 갈아입혀 드려야 한다. 감염의 위험에 항상 노출될 수밖에 없었다. 병문안을 올 수 없어 답답해하는 보호자들의 전화도 친절히 받아야 했고, 환자들의 불평불만도 해결해야 했다. 간호 인력이 턱없이 부족하다 보니 내 몸이 아파도 쉴 수가 없다. 하루 안 나오면 동료가 더 힘들어진다는 것을 잘 알기 때문이다. 영안실에 딸린 방에서 쪽잠을 자는 것이 휴식이라면 휴식이었다. 메르스 때는 간호사들이 자기 차에서 잤다고 하니 그때보다는 좋아진 건가.

우리는 간호사들의 중노동을 잘 알지 못한다. 애써 외면해왔는지도 모르겠다. 나도 반성을 많이 했다. 그동안 너무 무심했다. 너무 힘들어서 병원을 떠나는 간호사들의 행렬이 오늘도 이어지고 있다. 사실 간호사들의 극한 노동은 어제오늘의 일은 아니다. 중환자실은 이미 오래전부터 심각했다. 간호인력 부족 역시 코로나19 훨씬 이전부터 지적되어 온 문제다. '간호사 10만 양병설'이 등장한 적이 있다. 근무 환경이나 처우 개선 없이 간호대학 정원만 늘리면 간호사 부족 문제가 해결될까? 이미 간호사의 '장롱 면허'는 넘쳐난다. 전체 간호사 중 실제로 병원에서 활동하는 간호사가 43.9퍼센트에 불과한 이유에 대한 심각한 고민이 필요하다.

코로나19 확산을 맞아 우리 사회는 또다시 간호사들을 '영웅'으로 치켜세웠다. 그러나 5년 전 메르스 때처럼 곧 잊힐 것이라는 걸 간호사들은 다 안다. 메르스의 교훈을 살리지 못해 이번에도 간호사들은 희생을 강요당했다. 코로나19가 주는 교훈마저 잊어버린다면 다음 감염병 확산 때는 정말 큰 희생을 치러야 할지 모른다. 간호사들의 희생이 있어야만 유지되는 방역과 보건의료체계는 이미 정상이 아니다. 우리 사회는 간호사들의 노동에 대해 제대로 평가하고 있는지, 그리고 적절한 보상을 하고 있는지부터 짚어봐야 한다. 열악한 간호사들의 노동 환경도 근본적으로 바뀌어야 한다. 이번에 코로나19 격리병동에서 들려온 간호사들의 절규를 심각하게 받아들여야 한다. "이제 더는 이렇게 못 해요."

외래 진료와 수술이 없는 화요일, 그리고 토요일과 일요일에 격리병동에서 간호사들을 도운 지 한 달의 시간이 흘렀다. 대구의 확진 환자가 크게 줄면서 병동 입원 환자도 점점 줄었다. 요양 병원에서 확진된 환자들이 입원하면서 요양 보호사가 배치되어 병동의 상황이 조금 나아졌다. 배식을 담당하는 직원도 한 명 배치되었다. 병동을 떠날 때가 된 것이다. 병동 근무 마지막 날 하필이면 힘든 일이 많았다. 이 병실 저 병실로 뛰어다니느라 정신이 없었다. 결국 교대 시간을 넘겨서야 일을 마쳤다. 지친 몸을 이끌고 함께 일했던 네 명의 간호사와 함께 병동을 빠져나오는데 간호사 한 명이 다가오더니 이렇게 말했다.

"교수님, 함께 있어주셔서 고마웠습니다. 그 마음 저희가 알아요."

'그림자 노동' 덕분에

사람들은 코로나19 최전선에 선 의사나 간호사를 '영웅'이라 불렀다. 감염의 위험을 무릅쓰고 환자들 곁을 지키는 모습에서 감동한 듯했다. 그러나 보이지 않는 곳에서 '그림자 노동'으로 수고한 고마운 분들이 있었기에 의료진이 박수를 받을 수 있었다. 폐기물 처리 노동자, 병원 청소 노동자, 병원 전기실의 노동자, 방역업체 노동자 등 수많은 '그림자 노동' 전사들이 흘린 굵은 땀방울 덕분에 의료진이 안심하고 진료에 전념할 수 있었다.

코로나19 감염증 환자가 사용한 모든 물건은 '격리 의료폐기물'로 조심스럽게 다루어져야 한다. 바이러스 확산 방지를 위해 전용 봉투에 담은 후 합성수지 전용 용기로 이중 밀폐까지 한다. 이 용기의 뚜껑은 한번 닫히면 다시는 열리지 않는다.

매일 오전 11시경이면 방호복을 입은 폐기물 처리 노동자 두 분이 병동에 도착한다. 병실마다 다니며 환자들이 내놓은 환자복, 침대 시트, 이불 등을 전용 봉투에 담는다. 그 과정에서 바이러스가 공기 중에 날릴 수 있기 때문에 바짝 긴장한다. 코로나19 사태 장기화에 대비해 전용 용기도 아껴야 하기에 온 힘을 다해 터질 듯 폐기물을 밀어 넣고 겨우 뚜껑을 닫는다. 고글 위로 굵은 땀방울이 떨어진다.

감염의 우려가 있는 의료폐기물은 '당일 배출, 당일 수거, 당일 소각'이 원칙이었다. 그래서 코로나19 격리병동에서 나온 무거운 폐기물 용기를 하루에도 여러 번 수거 트럭에 실어야 했다. 입원 환자가 많을 때는 30리터 용기가 600개 넘게 나오는 날도 있었다.

어느 날 병원 지하에 임시로 마련된 외부용역업체 직원휴게실을 지나는데 문이 살짝 열려 있었다. 차가운 바닥 위에 스티로폼만 깐 채 한 분이 누워서 쉬고 계셨다. 마음이 아팠다. 편한 소파에 앉아 준비된 간식을 먹던 내가 너무나 부끄러웠다.

코로나19 전담 병원의 교대 시간은 그야말로 전쟁터다. 병동으로 들어가는 의료진과 근무를 마치고 나오는 의료진이 바쁘게 교차한다. 방호복을 벗은 의료진은 샤워를 위해 탈의실에 줄을 선다. 이 행렬이 어느 정도 끝이 나면 땀에 젖은 수술복이 산을 이룬다. 이럴 때면 어김없이 머리띠를 단단히 두르고 마스크를 한 채 나타나는 분들이 있다. '여사님'이라 불리는 청소 노동자들이다. 의료진의 아침 교대 시간은 7시 30분이지만 이분들은 새벽 6시부터 나와서 일을 시작한다. 30여 명의 청소 노동자가 팀워크를 이뤄 교대로 일을 한다. 코로나19 사태가 발생하자, 닦고 쓸고 치워야 하는 일이 더 많아져 눈코 뜰 새 없이 바쁘다. 탈의실을 정리하고 빨랫감을 거두고 의료진 숙소를 청소하고 부족한 물품을 채우다 보면 어느덧 교대 시간인 오후 3시가 된다.

하루는 병원 2층 청소 노동자들의 휴게실에 가볼 일이 있었다. 학생들 실습실을 개조한 너무나 좁은 방에 십여 명이 훨씬 넘는 분들이 다닥다닥 어깨를 붙이고 앉아 계셨다. 그곳에서 작업복도 갈아입고 쉬기도 하고 너무 힘들 때면 짬짬이 눈을 붙이기도 한다고 귀띔해 주셨다. 방금 청소를 마치고 얼굴이 벌겋게 상기된 채 들어오던 한 분은 반창고를 붙인 간호사들 얼굴이 상할까 봐 걱정이라며 안타까워하셨다. 그 마음이 참 고마웠다.

병원의 청소 노동자들은 대부분 적은 시급을 받는 용역업체 비정규직 노동자다. 코로나19 전담 병원에서 궂은 일도 마다하지 않고 일하지만, 감염 예방 교육을 제대로 받은 분은 거의 없었다. 그래도 요즘 같은 때 하루 한 개 지급받는 마스크도 감사하다며 웃으셨다.

선별진료소가 코로나19 바이러스에 오염되었을지 모른다며 허술한 방호 장비를 한 채 독한 소독약으로 닦고 또 닦던 노동자들, 병동에 문제가 발생하지 않도록 지하 2층 전기실에서 주야로 애써주던 노동자들, 방호복을 입고 무거운 약통을 짊어진 채 병원 안팎을 소독하던 방역업체 노동자들, 이런 분들이 없었다면 코로나19의 확산을 막기 어려웠을 것이다.

돌이켜보면 그분들을 병원에서 가끔 마주쳤다. 그러나 고맙다는 인사를 제대로 한 적이 거의 없었다. 의사, 간호사들의 감염 우려에 대해서는 크게 외치면서 그들의 부실한 보호 장구와 열악한 근무 환경에 대해서는 마음을 쓰지 못했다. 부끄러웠다.

대구에 코로나19 첫 확진 환자가 나온 지 52일 만인 지난 4월 10일, 드디어 신규 확진 환자가 0명을 기록했다. 신종 감염병의 확산세가 다소 진정되자 외양간을 미리 튼튼하게 고치지 않아 소를 잃게 만든 책임이 있는 사람들이 오히려 자화자찬 하기에 바빴다. 그 시간에도 수많은 노동자는 코로나19 최전선에서 묵묵히 '그림자 노동'을 하며 땀을 흘리고 있었다.

머지않아 우리가 코로나19를 극복한다면, 그들의 '그림자 노동' 덕분이다.

격리병동에서 만난 환자들

"선생님, 11호실 할머니 집에 가신다며 방금 짐 싸서 나가셨어요!"

코로나19 격리병동에서 일한 지 일주일째 되던 날, 아침 근무를 시작할 무렵이었다. 할머니와 같은 병실 환자분이 급히 다가와 알려주었다. 병실로 달려가 보니, 할머니가 계시던 자리가 말끔히 정리되어 있었다. 가방과 신발도 보이지 않았다. 심각한 상황이 발생한 것이다. 치매 증상이 조금 있던 할머니라 더 걱정되었다. 집에 가고 싶다는 말씀을 늘 하던 분이라 유심히 살폈는데, 간호사 교대 시간에 병동에서 몰래 나가신 듯했다.

병원 구석구석을 내가 찾아 나설 수밖에 없었다. 다른 병원에서 파견 온 간호사들은 병원 구조를 잘 모르기 때문이다. 방호복을 입고 김이 서려 잘 보이지 않는 고글을 쓴 채 병원 여기저기를 뛰어다니는 일은 쉽지 않았다. 마음속으로 할머니가 병원 안에만 머물게 해달라고 기도를 했다.

다행스럽게도 1층 영상의학과 근처에서 두리번거리는 할머니를 찾았다. 스팀이 나오듯 열이 나는 방호복을 입고 병원 구석구석을 찾아다닐 때는 할머니를 만나면 화가 날 것 같았는데 직접 뵈니 멀리 가지 않으셔서 고맙다는 생각이 먼저 들었다.

"할머니, 도대체 어디 가시려고요?"

"집에 가야지. 너무 답답해."

"다 낫고 가셔야지요."

할머니를 모시고 다시 병동으로 왔다. 사색이 되어 있던 간호사들이 놀란 가슴을 쓸어내리고 있었다.

코로나19 격리병동에서는 의료진도 힘들었지만 환자들도 힘들었다. 감염력이 높은 바이러스 질환이라는 이유로 병실 침대에서 마스크를 하고 온종일 머물러 있어야 했으니 오죽 답답했을까? 내가 잠시만 눈을 돌리면 병실에서 쏜살같이 나와 복도를 경보 선수처럼 빠르게 걷다가 나와 눈이 마주치면 병실로 쏙 들어가시곤 했다. 알면서도 모른 척한 적이 많았다.

"교수님, 4호실 할머니 좀 봐 주세요."

폐렴이 너무 심해 중환자실에 일주일 계시다가 최근에 일반 병동으로 오신 할머니였다. 가끔 이상한 말씀을 하신다고 했다. 병실에 찾아가 말씀을 나눠 보니 경미한 섬망 증상 같았다. 어르신들께서 갑자기 중환자실 같은 곳에 입원하면 시간과 장소를 인식하는 능력이 떨어져 나타나는 일시적인 증상이다. 퇴원하면 대부분 상태가 호전된다. 콧구멍으로 무슨 검사를 하더니 몇 시간 뒤 코로나라는 무서운 병에 걸렸다고 하고, 본인 의지와 상관없이 갑자기 격리병동에 입원시키고, 그리운 가족들은 얼굴도 볼 수 없고, 의료진이라는 사람들은 무서운 방호복을 입고 있으니 노인에게는 섬망 증상이 나타날 만했다. 자주 병실에 가서 일정한 거리를 두고 할머니와 이런저런 말씀을 나누었다. 시간과 장소 등을 제대로 인식시켜 드리는 것이 하나의 치료법이기 때문이다.

하루는 무엇인가 열심히 쓰고 계셨다. 가까이 가서 여쭈어보니 자식들과 손자 손녀에게 편지를 쓴다고 하셨다. "사랑하는 아들 딸아"로 시작하는 부분만 살짝 봤는데 할머니가 부끄럽다며 손사래를 치셨다. 갑자기 어머니 생각이 나면서 괜스

레 내가 울컥해 병실에서 빨리 나와야 했다. 할머니의 폐 상태가 좋아지는 속도보다 훨씬 빨리 섬망 증상이 좋아졌다. 천만다행이었다.

매일 오전 10시경이면 바이러스 검사를 위해 환자들이 복도에 줄을 선다. 코로나19 증상이 모두 없어져야 검사 대상이 된다. 섬망 증상으로 고생하신 할머니는 한 달간 검사 대상에 오르지도 못했다. 호흡할 때 불편한 증상이 일부 남아 있었기 때문이다. 한 달이 조금 넘어 드디어 바이러스 검사를 받을 수 있었고, 다행히 연이어 두 번 음성이 나왔다. 다음날 퇴원 결정이 내려지자 자식들과 손자들을 만날 수 있다며 어린 소녀처럼 기뻐하셨다.

봄비가 내리던 어느 날 할머니를 포함해 52병동에서 퇴원하는 환자 세 분을 병원 출입구까지 모셔다 드렸다. 퇴원 환자가 나가야 하는 동선이 미로 같아 병원 구조를 잘 아는 내가 출입구까지 모셔 드려야 했다. 깨끗한 글러브로 갈아 끼고 다시 소독까지 하고 할머니 가방을 들어 드렸다.

"우리 때문에 고생 많았어요."

할머니는 복도를 따라 걸어가시며 수도 없이 고맙다는 인사를 하셨다. 밖에는 입원 기간 내내 그렇게 그리시던 아드님이 기다리고 있었다. 할머니는 달려가 아들에게 안기셨다. 그 모습을 바라보며 돌아서 다시 격리병동으로 향했다.

중증 폐렴도 이겨내고 섬망 증상도 잘 극복하고 퇴원하셨던 할머니가 외래 진료실로 찾아오셨다. 퇴원 후 자가격리를 하던 2주 동안 보고 싶었다고 하셨다. 뵐 때마다 방호복을 입고 있어서 얼굴을 알아보지 못하실 줄 알았는데 보고 싶었다고 하시니 기분이 좋았다. 안색도 더 좋아지고 표정도 한결 밝아지셔서 기뻤다. 할머니가 가방 깊은 곳에서 무엇인가를 주섬주섬 꺼내셨는데 고이 접은 손편지였다. 곁에 서 있던 아드님이 웃으며 말했다.

"어머니가 며칠 전부터 저 편지만 붙들고 계셨어요."

교수님 前

교수님과 헤어지며 수고하셨다는 인사도 못 드리고 저 퇴원하는 것만 즐거워했어요. 40일간의 정성에 보답할 길이 없어 저는 부족한 글만 씁니다. 뜨거운 정성을 잊을 수가 없어요. 병마와 싸우는 환자에게 명의가 되어주세요. 건강을 빌며 진심을 전합니다.

대구를 향한 따뜻한 마음

병원에 소포가 도착했다. 보낸 사람은 "경기도 안산 은화, 다윤 엄마"라고 적혀 있었다. 박스를 열어보기도 전에 코끝이 찡해졌다. 은화와 다윤이는 세월호가 뭍으로 올라오고 나서야 3년이 넘는 긴 수학여행을 마치고 엄마 곁으로 돌아온 너무나 소중한 딸들이었다.

2017년 초여름 세월호가 거치되어 있던 목포 신항을 찾아갔다. 빚진 마음에 한 번은 가 봐야 할 것 같았다. 철조망 너머 녹슨 세월호의 모습은 흉측했다. 저 배 안에서 두려움에 떨었을 아이들을 생각하니 너무나 가슴 아팠다.

"세월호 속에 아직도 사람이 있습니다." 노란색 현수막이 바람에 흔들리고 있었다. 마지막에 걸린 현수막을 보다가 결국 눈물을 주르륵 흘리고 말았다. "엄마는 끝까지 기다립니다. 엄마니까."

세월호 미수습자 유가족들은 목포 신항 주차장에 설치된 컨테이너에 머물며 마지막 한 사람까지 가족의 품으로 돌아오기를 기다리고 있었다. 은화 어머니의 말씀에 가슴이 아팠다.

"살아 돌아오기를 바라는 마음에 시신이 올라오면 서로 자기 아이가 아니라고 했어요. 그런데 5일이 지나자 얼굴만이라도 봤으면 좋겠다는 것으로 바뀌었고, 10일이 지나자 시신을 찾은 부모를 축하하는 것으로 바뀌었어요. 시신을 찾은 부모들은 미수습자 가족들에게 미안한 마음에 마음껏 울지도 못했어요."

작별 인사도 없이 먼 길을 떠난 피붙이를 찾겠다며 풍찬노숙으로 3년 5개월을 보냈던 두 어머님이 코로나19와 싸우고 있는 대구의 의료진을 위해 핸드크림을 한 박스 가득 보내온 것이다.

함께하는 많은 사람들 덕분에 팽목항의 세찬 바람을 견딜 수 있었듯, 지금도 많은 사람이 함께하고 있으니 힘내세요.

편지를 읽는데 눈시울이 붉어졌다. 많은 사람이 대구의 아픔에 함께하고 있다는 말씀에 큰 위로를 받았다. 선별진료소 의사로 일하느라 딸아이를 안아주지 못해 힘들다고 했던 나 자신이 부끄러웠다. 은화, 다윤이 어머니를 포함해 세월호 참사로 자식을 떠나보낸 부모님의 한결같은 소원이 내 자식 단 한 번만이라도 안아보고 싶다는 것이기 때문이다.

두 어머님이 보내신 편지를 선별진료소에서 진료를 마친 후 모두 함께 읽었다. 내가 읽기 시작했지만, 목이 메어 다른 분이 끝까지 낭독했다. 많은 이들이 고개를 숙이고 있었고, 몇몇 간호사들의 눈에는 눈물이 고여 있었다. 핸드크림을 하나씩 손에 꼭 쥐었다. 독한 소독제를 발라 거칠거칠해진 손에 핸드크림을 발랐다. 따뜻한 온기가 두 손 가득 퍼졌다.

대구동산병원 입구에 벚꽃이 만개한 어느 봄날 반가운 손님이 찾아왔다. 우리 사회 소외 계층을 위해 선한 일을 많이 한 '김제동과 어깨동무' 팀이었다. 고생하고 있는 의료진을 응원하기 위해 예쁜 선물꾸러미를 한가득 만들어 왔다. 꾸러미 속에는 간호사들에게 꼭 필요한 물품들이 가득 차 있었다. 선물을 준비하며 기울였을 세심한 배려에 모두 큰 감동을 받았다.

그런데 김제동 씨는 보이지 않았다. 약간 실망하려는데 누군가 "진짜 김제동이다!"라고 소리쳤다. 소리 나는 쪽을 바라보았다. 작업복 위에 허름한 조끼를 입고 작업화를 신은 사람이 박스를 열심히 옮기고 있었다. 방송인 김제동 씨였다. 센스 넘치게 간호사들을 위해 장미꽃도 준비해 왔다. 간호사들도 응원하고 코로나19로 큰 어려움에 빠진 대구 인근 화훼 농가를 돕기 위한 뜻도 있다고 했다. 그 깊은 마음 씀씀이에 내 마음도 따뜻해지는 것 같았다. 입담 넘치는 방송인의 '토크'는 없었다.

"간호사 선생님들, 정말 고맙습니데이!"

머리를 숙여 고맙다는 인사만 연신 했다. 떠나는 김제동 씨에게 간호사들이 "사랑해요, 김제동!"을 연호했다. 그러자 특유의 부끄러워하는 표정을 지어 보이더니 돌아보며 말했다.

"다음달 녹화 마치고 또 올게예."

그리고 약속을 지켰다. 대구에 신규 확진자가 0명이 되던 날, 그러나 아직도 병동에는 100명이 넘는 환자가 입원해 있던 날 다시 찾아왔다. 이번에는 '어깨동무' 팀과 함께 병원 구석구석을 다니며, 폐기물을 처리해주는 분, 경비 직원, 그리고 병동을 깨끗하게 해주는 청소 노동자들까지, 보이지 않는 곳에서 수고해주시는 분들께 선물을 전달했다. '어깨동무'는 상대편의 어깨에 서로 팔을 얹어 끼고 나란히 서는 것이다. '사회적 거리 두기'로 서로의 어깨를 겯기 어려운 이때, 힘들고 지친 이들에게 어떻게 '마음의 어깨동무'를 할 수 있는지 '김제동과 어깨동무' 팀이 두 번에 걸쳐 보여주었다.

대구가 코로나19의 확산으로 큰 어려움에 빠졌을 때 병원과 선별진료소로 수많은 간식과 선물, 그리고 손편지가 도착했다. 보내주신 물품을 보관할 공간을 병원 내에 따로 만들어야 할 정도였고, 게시판은 순식간에 응원의 편지로 가득 찼다.

산수유 벙글고 봄이 무르익는 이때, 환자들 돌보시느라 너무도 바쁠 선생님들께 정말 무어라 감사드려야 할는지요. 그저 저희는 응원하는 마음밖에 없어서 답답합니다.

편지와 함께, 멀리 경기도에서 시원한 커피와 식혜, 그리고 수정과를 매주 보내와 의료진들이 방호복과 마스크로 인한 답답함과 갈증에서 벗어날 수 있었다.

완치돼서 나가신 환자들에게선 보람을 느끼시겠지만 반대의 경우에는 많이 힘겨우실 것 같습니다. 끝이 보이지 않는 이 시간에도 선생님들의 노고 덕분에 생명의 끈이 이어지고 있음을 감사드릴 뿐입니다.

편지와 함께 찰밥, 나물, 그리고 과일까지 보내신 분도 있었다. 덕분에 야간 근무 들어가는 간호사들이 배를 든든하게 채우고 격리병동으로 향할 수 있었다.

"뉴스에서 의료진들이 차가운 도시락 먹는 모습을 보고 정말 마음이 아팠어요"라며 이른 새벽에 연잎에 밥을 싸서 찐 후 대전에서 트럭에 싣고 오신 분도 있었다. 김이 모락모락 나는 연잎밥과 함께 보내 주신 맛깔 나는 반찬 덕분에 오랜만에 간호사들이 '집밥'의 온기를 느낄 수 있었다.

전국 각지에서 대구로 파견 또는 자원해서 온 간호사가 많다는 소식을 듣고 내의를 여러 박스 보내주신 분도 있었고, 격리병동에서 신을 수 있는 간호사용 신발을 트럭에 가득 싣고 오신 분도 있었다. 의료진이 현재 처한 처지에서 무엇이 가장 아쉬울지 세심하게 살펴서 꼭 필요한 물품들을 보내주신 많은 분들께 우리는 큰 감동을 받았다.

이렇게 많은 국민들이 보내준 응원은 대구가 위기를 극복하는 데 큰 힘이 되었다. 확진자의 급증으로 불안하고 끝이 어디인지 알 수 없어 막막할 때 대구를 향했던 국민들의 따뜻한 마음은 지쳐 가던 의료진들이 힘을 낼 수 있는 원동력이었다.

세월호 유가족들이 보내온 '노란 리본의 연대', 대구의 확진 환자들이 입원할 병실이 없어 애태울 때 가장 먼저 병상을 내어준 광주의 '병상의 연대'를 대구는 잊어서는 안 된다. 큰 아픔을 겪고 상처받았던 이들이 보내온 위로의 소중함을 대구는 잘 간직하고 언젠가 또 다른 아픔을 겪고 상처를 받는 이들이 있다면 갚아야 한다.

부모님들의 '선한 압력'이 있었는지 알 길은 없지만 많은 어린이들이 동영상을 촬영해서 보내 왔다. 힘들 때마다 여러 번 다시 돌려봤는데도 볼 때마다 또 울컥하는 이유는 뭘까?

선생님, 코로나 환자 치료해주시다가 선생님이 아프면 안 돼요. 의사 선생님, 간호사 선생님, 힘내세요. 파이팅!

돈보다 생명이다

'대한민국 의료메카, 가장 행복한 의료특별시'. 대구시는 2009년부터 도시의 새로운 이름으로 '메디시티 대구'를 내세웠다. 시민들은 보건의료만은 걱정을 안 해도 되는 줄 알았다. 그러나 대구지역의 코로나19 확산으로 그 부끄러운 민낯이 드러나고 말았다.

2020년 2월 18일 대구에 첫 코로나19 확진자가 나왔고 환자가 급증했다. 25,000개의 병상이 있다는 대구에 감염병 확산 초기부터 확진 환자가 입원할 병실이 없었다. 대부분 이미 환자가 입원해 있는 민간병상이었고, 코로나19 환자 치료를 위해 동원 가능한 공공병상은 턱없이 부족했다. 결국 집에서 대기하다 사망하는 안타까운 일이 속출했다. 대구시는 의료 관광 등 의료를 이용한 돈벌이에 치중한 나머지 공공의료 인프라 확충이나 감염병 대비에는 소홀했던 것이다.

인구 243만 명의 대구에 공공병원은 사실상 병상 498개의 대구의료원 하나뿐이다. 대구지역의 저소득층과 소외 계층이 많이 이용하던 150병상 규모의 대구적십자병원은 적자를 이유로 2010년 문을 닫았다. 공공병원의 적자는 의료 취약 계층을 주로 치료하고 우리 사회 소외 계층에게 의료 서비스를 제공하는 과정에서 발생할 수 밖에 없는 '착한 적자'이기에 시민 사회는 대구적십자병원의 폐원을 반대했지만 막을 수 없었다. 대구시는 수수방관했다.

감염병 환자를 격리 치료할 수 있는 국가 지정 음압 병상도 대구에는 단 열 개뿐이었다. 아울러 감염병이 유행하는 상황을 조사하고 합리적인 방역 대책을 세워야 하는 역학 조사관도 단 한 명밖에 없었다. 체계적인 역학조사는 처음부터 불가능했던 것이다.

공공의료 인프라도 부족했지만, 감염병 확산에 대비한 대구시의 사전 준비도 미흡했다. 우리나라 첫 코로나19 감염증 환자가 발생하고 대구에 첫 환자가 발생할 때까지 30일의 시간이 있었음에도, 병상도 확보하지 않았고 역학 조사관도 추가로 선발하지 않았다.

이처럼 대구시의 코로나19 사전 대비는 부실했지만, 다행히도 전국에서 달려와 준 의료진의 헌신, 개인 방역과 사회적 거리 두기를 철저히 따라 준 높은 시민의식, 방역 당국의 신속한 대응, 그리고 대구를 염려하고 응원해준 국민들의 따뜻한 연대의 힘으로 위기를 극복할 수 있었다.

그러나 아직 안심할 때는 아니다. 2차 확산의 가능성이 있기 때문이다. 새로운 감염병도 5~6년 주기로 유행할 것으로 예상되고 있다. 그러므로 지금은 그동안 드러난 여러 가지 문제점을 신속히 보완해야 할 '골든 타임'이다.

먼저 공공병상을 시급히 확충해야 한다. 기존 대구의료원의 시설을 확충하거나 폐원 후 건물만 남아 있는 적십자병원을 대구시가 인수해 공공병원으로 전환하는 방법도 있다. 대구지역 안의 건강 불평등을 줄이기 위해 대구 동구에 300병상 이상의 공공 감염병 전문 병원인 제2 대구의료원을 신축하는 것도 좋은 방안이 될 수 있다. 대부분의 병실을 처음부터 음압 기능을 갖도록 설계하고 중환자실과 중환자 치료를 위한 장비를 충분히 확보해야 한다. 평상시에는 좋은 공공병원으로 활용하다가 감염병이 확산될 때 감염병 전담 병원으로 전환하는 것이 바람직하다. 유일한 공공병원인 대구의료원이 코로나19

전담 병원이 되면서 대구지역의 소외 계층은 아파도 갈 병원이 없어 고통을 받았다. 제2의 대구의료원이 필요한 또 하나의 이유다.

이러한 공공병원에서 일할 의료진을 보강하는 것 또한 시급한 과제다. 아울러 의료진과 직원들의 처우 개선 또한 필요하다. 무엇보다 공공병원이 공공병원답게 운영될 수 있어야 한다. 공공병원의 평가 시 수익의 크기가 아니라 취약 계층의 건강권 확장 등 공공병원 존재 이유에 합당한 성과가 제대로 평가받는 시스템도 마련되어야 한다.

대구에는 감염병 확진 환자가 급증할 때 증상의 중증도에 따라 환자를 분류하는 체계도 없었다. 그래서 경증 환자가 음압 병실에 입원하고 중증 환자는 병실을 구하지 못해 집에서 대기하는 어이없는 일이 있었다. 따라서 감염병 확산에 대비한 공공 보건의료체계도 서둘러 갖추어야 한다.

소를 잃었더라도 외양간만 튼튼하게 고친다면 다가올 감염병 확산에 잘 대비할 수 있다. 의료 관광으로 외화 몇 푼 더 벌어들인다고 시민들의 건강이 지켜지지 않는다. 공공의료 인프라를 확충하고 감염병 확산에 대비한 보건의료체계를 갖춰 시민들의 생명과 건강을 굳건히 지켜낼 수 있을 때 진정한 '메디시티 대구'로 거듭날 수 있을 것이다. 돈보다 생명이다.

인권,
최고의 방역

성서공단 이주노동자 무료진료소에 오랜만에 활기가 넘쳤다. 코로나19 때문에 문을 닫은 지 3개월 만인 5월 초 진료실 문을 다시 열었다. 입구에서 체온을 측정하고 코로나19 의심 증상이 있는지 확인한 후 진료실로 들어올 수 있었다.

"우한은 물론이고 몇 년간 중국을 다녀온 적도 없는데 집 밖에 나가지도 못했어요. 중국 사람인 거 다 아니까요."

오래간만에 만난 중국 이주노동자 한 분이 그동안 힘들었다며 씁쓸한 웃음을 지었다. 국내 코로나19 확진 환자가 증가하면서 우리 사회의 '중국 공포(혐오)증(sinophobia)' 또한 커져갔다.

'중국 우한 폐렴 대응 안내문'. 1월 말 내가 근무하는 병원 곳곳에 붙었던 안내문이다. 세계보건기구(WHO)는 2015년 발표한 감염병 명칭 가이드라인에서 특정 지역 명칭을 사용하지 말 것을 권고한 바 있다. 특정 지역에 대한 낙인 효과를 예방하기 위해서다.

"다른 지역에서 대구 폐렴이라고 하면 기분 좋겠습니까?"

내 항의 때문은 아니겠지만 며칠 뒤 다시 붙은 안내문에는 '코로나19 감염증'으로 병명이 바뀌어 있었다. 다행이었다.

그러나 중국 또는 중국 사람에 대한 '혐오 바이러스'는 이미 많이 퍼져 있었다. 신종 바이러스가 중국의 실험실에서 시작되었다거나 중국인이 먹는 박쥐탕이 원인이라는 근거 없는 이야기까지 들렸다. 이러한 혐오가 코로나19 바이러스와 만나자 끔찍한 '차별 바이러스'로 진화했다. 중국에서 온 유학생은 자취방을 구하기 힘들었고, 중국인 출입을 막는 식당까지 나타났다. 많은 전문가가 감염병 예방에 실효성이 없다고 설명했음에도 '중국 봉쇄'를 하지 않는 방역 당국을 비난하는 목소리도 주변에서 들렸다.

혐오와 차별은 얼마 지나지 않아 부메랑이 되어 대구를 향했다. 코로나19 확진 환자가 급증하자 동대구역에 내리는 외지 사람이 거의 없었다. 서울 대형병원에 갔다가 대구 환자라는 이유로 문전박대를 당하기도 했다. 어디선가 '대구 봉쇄' 이야기도 들려왔다. 급기야 권영진 대구 시장은 '대구 폐렴'이라고 부르지 말 것을 호소하기에 이르렀다. 대구를 향한 혐오와 차별에 시민들은 큰 상처를 입었다.

그러나 이러한 상황에도 아랑곳하지 않고 전국에서 많은 의료진이 최전선인 대구로 달려왔다. 대구 시민들이 고립감을 느끼고 있을 때 국민들의 응원과 많은 구호품이 병원과 선별진료소에 답지했다. 전국에서 달려온 의료진들의 헌신과 국민들의 따뜻한 응원 덕분에 대구는 코로나19 확산으로 인한 큰 어려움을 극복할 수 있었다. 혐오와 차별이 아니라 따뜻한 연대와 휴머니즘만이 코로나19를 이겨내는 '사랑의 백신'이 될 수 있음을 보여주었다.

"정말 고맙습니다. 힘내세요!"

코로나19 바이러스 검사를 마치고 선별진료소를 떠나며 이렇게 인사를 전하는 분들이 많았다. 그런데 검사를 위해 차창을 내릴 때부터 무언가 잘못한 사람처럼 고개를 숙이고 의사와 눈을 맞추지 못하는 분도 가끔 있었다. 그럴 때 접수에서 작성해 전달해준 문진표 상단을 보면 굵은 글씨 세 글자가 적혀 있었다. '신천지'. 2020년 코로나19 시대의 '주홍 글씨'였다.

"31번 확진 환자가 입원한 대구의료원에 신도들이 몰려가 시위를 벌이고 있다. 환자는 퇴원을 요구하며 간호사들과 몸싸움을 벌였다." 대구에 첫 확진 환자가 발생한 다음날 사회관계망서비스(SNS)를 통해 급속히 퍼진 내용이다. 현장의 혼란스러운 모습을 상상해보니 걱정이 되었다. 곧바로 대구의료원의 한 선생님께 전화를 걸어 현장 상황을 물었다. 그런데 금시초문이라며 환자는 격리 병실에 잘 있다고 했다. 현장으로 달려갔던 많은 기자도 헛걸음을 했다. 경찰이 직접 확인한 결과 소문은 모두 사실무근이었다.

코로나19로 인한 집단 공포 상황에서 사람들은 확진자와 관련된 소식에 지나치게 민감했다. 확인되지 않은 정보도 너무나 쉽게 퍼졌고, 과도할 정도의 비난이 환자를 향해 쏟아졌다. 적대적인 감정이 또 다른 확인되지 않은 루머를 만들어냈다. 가해자가 아니라 피해자이고 범법자가 아니라 환자일 뿐이었지만 우리 사회가 코로나19 환자에게 보내는 시선은 차갑기만 했다. 누구나 감염자가 될 수 있음에도 우리 사회의 '코로나 낙인'은 심각했다. 확진자는 비난의 대상이 아니라 도움을 받아야 하는 환자였지만, 우리 사회의 '심리적 방역'은 미흡했다.

"이태원 게이클럽에 코로나19 확진자가 다녀갔다." 5월 초 한 신문이 보도한 내용이다. 방역에 필요한 정보는 확진자가 다녀간 장소와 시간뿐임에도 거주지, 나이, 성별, 직장 소재

지, 회사 업종 등 개인을 특정할 수 있는 정보도 공개됐다. 이후 일부 언론들도 성소수자에 대한 혐오를 조장하는 보도를 쏟아냈다. 반드시 필요하지 않을 경우 성적지향이나 성별정체성을 밝히지 않는다는 '인권 보도준칙'은 헌신짝처럼 버려졌다. 개인을 특정하는 정보는 공개하지 말라는 국가인권위 권고와 방역 당국의 지침도 무시되었다. 언론의 보도 후 사회관계망서비스에는 이태원 클럽 확진자로 추정되는 사람의 개인 정보가 담긴 글이 퍼졌고 성소수자 혐오 표현과 인신공격이 잇따랐다. 일부 지자체도 마치 성정체성 때문에 전염병이 확산될 수 있다는 오해를 불러올 수 있는 재난 문자 메시지를 발송하기에 바빴다.

이처럼 성소수자를 낙인찍고 불필요하게 성적지향을 공개하는 것은 방역에 아무런 도움이 되지 않는다. 과도한 개인 정보의 공개가 두려워 바이러스 검사 받기를 꺼리는 사람이 많아질 수 있다. 이는 성공적인 방역에 오히려 방해가 된다. 특히 감염병과 상관이 없는 성적지향이라는 개인 정보가 부각되면 검사를 받아야 할 사람은 숨어버리고, 혐오와 차별만 남을 뿐이다.

코로나19 바이러스는 우리 사회에 낙인과 혐오 바이러스를 함께 퍼뜨렸다. 특정 지역, 종교, 성적지향에 대한 사회적 낙인찍기가 많은 사람에게 상처를 남겼고, 방역을 오히려 방해했다. 코로나19와의 장기전에 대비하려면 검사 받기를 두렵게 만드는 우리 사회의 낙인과 혐오 그리고 차별부터 걷어내야 한다.

궁극적으로 인권이 보호되는 방역만이 코로나19를 종식시킬 수 있다. 감염병 확산 앞에서 인권을 논하는 것은 사치라고 생각하는 사람들도 있다. 그러나 인권과 방역은 양자택일해야 하는 가치가 아니다. 방역을 위해서 개인의 인권은 침해받아도 되는 것은 더욱 아니다. 오히려 성공적인 방역을 위해서는 인권이 반드시 존중되어야 한다. 인권의 원칙이 잘 지켜지는 방역이 될 때 자발적인 참여를 통한 조기 진단이 가능하고 우리가 모두 더 안전해질 수 있다.

감염병 방역 활동의 성패는 배제와 차별이 아니라 포용과 인권 보호에 달려 있다는 것이 그동안 감염병 유행에서 얻은 보건학적 교훈이다.

지난 2월 10일 대한예방의학회와 한국역학회가 공동 성명에서 강조한 보건학적 교훈을 꼭 기억해야 한다. 인권 존중이야말로 최고의 방역이다.

포스트 코로나 시대의 '뉴노멀'

코로나19로 유람선 운항이 중단되자 이탈리아 미항 베네치아에 물고기 떼가 돌아왔다. 홍콩의 동물원에서는 관람객이 사라지자 자이언트 판다가 10년 만에 처음으로 짝짓기에 성공했다. 인간들의 활동이 줄어들자 사라졌던 동물들이 속속 나타나기 시작했다.

마스크 착용은 코로나19 때문에 시작한 것이 아니다. 하늘을 뿌옇게 뒤덮은 미세먼지 때문에 수시로 황사방지용 마스크를 써야 했다. 아이들은 놀이터에서 뛰놀지 못하고 실내에서 게임기를 벗삼아야 했다. 그런데 코로나19가 확산되면서 파란 하늘이 보이기 시작했다. 공장이 멈추면서 스모그가 크게 줄었기 때문이다. 자연만물도 서서히 생기를 되찾아갔다.

최근 들어 '뉴노멀(new normal)'이라는 말이 많이 들린다. 문자 그대로 해석하면 '새로운 정상'이라는 뜻이다. 그런데 의문이 들었다. 그동안 우리가 살아온 세상이 과연 정상이었을까? 너무나 비정상이었기 때문에 우리가 오늘 코로나19로 고통 받고 있는 건 아닐까?

코로나19는 '인수공통감염병'이다. 숙주인 동물로부터 인간에게 전파되어 감염을 일으킨다. 인간들의 비정상적인 생태계 파괴가 근본 원인으로 지목되고 있다. 경지 개발을 위해 무분별하게 벌목을 하거나 야생 동물을 도살할 때, 건물 철거 시 먼지가 날리듯 바이러스가 주변으로 퍼지고 인간도 감염될 수 있다. 따라서 '코로나19 사태'는 예견된 '생태적 재난'이라 할 수 있다.

엄밀하게 말하면 바이러스가 인간을 표적으로 삼은 것이 아니다. 인간들이 너무 많이 침범한 것이다. 2008년 『네이처(*Nature*)』지에 발표된 「신종 감염병의 세계적 동향」을 보면 1940년부터 2004년까지 발생한 감염병 335건 중 약 60퍼센트가 동물에서 유래했고, 약 72퍼센트는 야생 동물 몸속에 살던 미생물이었다. 기후변화 역시 신종 감염병 확산의 위험을 더 높였다. 화석 연료의 무분별한 사용은 지구의 온도를 높였고,

열대 지방에 살던 많은 박쥐들이 인구가 밀집한 온대 지방으로 이동하는 결과를 초래했다.

2020년 4월 초, 미국 뉴욕의 코로나19 사망자가 7천 명을 넘어서던 날 시신들이 뉴욕 인근의 '묘지 섬'에 집단 매장되는 모습이 공개되었다. 너무나 참혹했다. 그런데 더 참혹했던 몇 개의 장면이 겹쳐졌다. 몇 해 전 구제역 파동 때 수천, 수만 마리의 소와 돼지가 살아 있는 채로 땅에 묻히던 모습이다. 지금도 닭들은 옴짝달싹 못하게 만든 양계장에 갇혀 부화한 지 100일도 살지 못하고 죽는다. 이러한 열악한 동물들의 생태 환경은 바이러스 감염에 치명적이다. 다른 개체로 전염되는 과정에서 다양한 변이도 일으킬 수 있다. 공장식 축산, 세계화한 농업으로 인한 부작용으로 지금도 수많은 생명이 죽어가고 있다.

자본의 탐욕으로 생태계를 마구잡이로 파괴하고 함께 살아가는 동물들의 생명을 경시한 결과가 코로나19의 전 세계적 대유행이 아닐까? 자본과 무관한 병원체는 없다고 해도 과언이 아닌 세상에서 지구 생태계를 위협하는 독성이 가장 강한 바이러스는 어쩌면 인간일지도 모른다. 코로나19 팬데믹(pandemic)은 지구 생태계가 인간에게 보내는 마지막 경고일 수 있다. 이제는 탐욕스러운 자본과 고삐 풀린 과학으로 인한 생태계 파괴를 멈춰야 한다. 이번 코로나19 대유행이 주는 교혼마저 살리지 못한다면 과연 인간에게 미래가 있을까?

"바이러스를 보면서 우리가 얼마나 겸손해야 하는지 꼭 기억하기 바랍니다."

의과대학 수업 시간에 학생들에게 꼭 들려주는 말이다. 의사들이 모든 병을 치료할 수 있을 것처럼 환자들 앞에 서지만, 기생에 필요한 최소한의 유전자만 가져 생명체라고 할 수도 없는 바이러스조차 해결하지 못하기 때문이다. '만물의 영장'이라던 전 세계 77억 인간들이 눈에 보이지도 않는 바이러스에 맥을 못 추고 있다.

자연 생태계에는 약 160만여 종의 미지의 바이러스가 존재한다. 과학기술이 이러한 바이러스의 박멸이라는 선물을 조만간 가져다줄 것이라는 환상을 이제는 버려야 한다. 많은 사람들이 기다리는 백신도 궁극적인 해결책이 될 수 없다. 오랜 시간을 들여 힘들게 코로나19 백신을 개발해도 생태계 파괴가 계속된다면 또 다른 변종 바이러스가 나타나 인간을 위협할 것이기 때문이다.

이제는 이윤 추구의 욕심을 버리고 모든 생명체와 공존의 길을 걸어야 한다. 자연을 개발해서 얻는 이득보다 자연을 보존했을 때 얻는 이득이 훨씬 크다는 것을 깨달아야 한다. 생명을 죽여서 이득을 얻던 시대에서 생명을 살려서 이득을 얻는 시대로 넘어가야 한다.

산업문명에서 생태문명으로의 대전환이야말로 포스트 코로나 시대의 진정한 '뉴노멀'이다.

> 대지는 우리의 어머니. 그 어머니를 잘 보살피고 나무와 동물과 새들, 당신의 모든 친척들을 존중하라. 모든 생명은 신성한 것. 모든 존재를 존경하는 마음으로 대하라. 대지로부터 오직 필요한 것만을 취하고, 그 이상은 그냥 놓아두어라.

인디언 십계명이 우리에게 주는 교훈을 소중히 간직해야 한다.

2부

사람의 향기

의사 각인

"왜 이비인후과 의사가 되셨어요?"

이비인후과로 임상 실습을 나오는 의학과 4학년 학생들로부터 가끔 받는 질문이다. 졸업을 앞두고 진로에 관심이 많을 때여서인지 질문하는 학생들의 귀는 이미 쫑긋 세워져 있다. 대답은 늘 조심스럽다. 학생들이 의사로서 가야 할 길을 물어 올 때면 매번 그렇다. 이렇게 대답하고 이야기를 풀어 간다.

"내가 어릴 때 많이 아파 봤기 때문에 이비인후과 의사가 되면 환자들의 고통을 조금 더 이해할 수 있을 것 같았어요."

어릴 적 시골에서 자랄 때는 건강해서 잔병치레가 없었다고 한다. 그런데 도회지로 이사를 온 후부터 아픈 곳이 하나둘 생겼다. 이비인후과 의사가 될 운명이라서 그랬는지 귀, 코, 목이 자주 아팠다. 귀에서 물이 나고 목이 자주 아팠고 비염은 달고 살았다. 우리 집이 변두리에 있어 근처에는 이비인후과 의원이 없었다. 진료를 받기 위해 시내버스를 타고 30~40분 정도 가야 했다. 부모님이 맞벌이를 해서 혼자서 버스를 타고 병원에 가는 날이 많았다. 그때 겨우 초등학교 3학년이었다.

병원에는 늘 환자가 가득했다. 어머니가 챙겨주신 의료보험증을 접수에 내밀고 돌아서면 빈자리가 없어 구석에 서 있어야 하는 날도 많았다. 기본 한 시간 이상은 기다려야 의사 선생님을 만날 수 있었다. 환자 보느라 힘드실 것 같은데도 선생님은 늘 친절하게 맞아주셨다. 이비인후과 의사의 상징인 '헤드 미러'를 머리에 쓴 의사 선생님은 볼 때마다 너무 멋있어 보였다. 의사 선생님의 손길만 잠시 거쳐 가면 먹먹했던 귀도 잘 들리고 답답하던 코도 시원하게 뚫리는 기분이었다. 의사 선생님은 혼자서 병원에 왔다고 씩씩하다며 늘 칭찬해주셨다. 진료실을 나설 때면 다른 환자 눈치를 보시면서 집에 가면서 먹으라고 사탕이나 쿠키를 손에 쥐어주시던 기억도 난다.

선생님의 정성도 모르는 무심한 중이염은 악화와 호전을 반복했다. 결국 고등학교에 입학할 무렵 한 대학병원에서 수술을 받아야 했다. 네 시간에 걸친 수술이었다. 오후에 회진을 온 교수님은 수술이 잘 되었다고만 말하고 휙 나가셨다. 화장실에 가서 거울로 내 얼굴을 보니 우스꽝스러웠다. 한겨울 자주 먹던 호빵 모양으로 단단하게 뭉친 붕대를 수술한 귀에 붙이고 가느다란 붕대로 머리에 칭칭 감아 놓았다. 아마 수술 부위를 압박하기 위한 것 같았다. 움직일 때마다 매우 불편했다. 그래도 어쩔 수 없이 참아야 했다.

그런데 시간이 지날수록 호빵 같은 붕대가 달린 부위에 통증이 심해졌다. 수술을 해서 그러려니 생각을 했다. 그런데 진통제도 소용이 없었다. 결국 간호사가 주치의 선생님을 호출했다. 붕대를 풀어 확인을 했더니 수술실에서 붕대로 압박을 하면서 귓바퀴가 눌린 것이 원인이었다. 귓바퀴를 펴고 다시 붕대를 감으니 통증이 씻은 듯 사라졌다. 살 것 같았다. 요즘도 병원에서 귀 수술을 받고 호빵 같은 붕대를 귀에 감고 있는 환자를 가끔 본다. 그럴 때면 살짝 다가가서 이렇게 묻곤 한다.

"혹시 꽉 눌리듯 많이 아프지 않으세요?"

그 고통을 겪어 봐서 잘 알기 때문이다.

어릴 적 또 하나의 고질병은 만성편도염이었다. 정말 한두 번이 아니었다. 수시로 목 안의 편도가 부어 40도를 넘어가는 고열이 펄펄 끓고, 식욕 하나는 끝내주던 내가 잘 먹지도 못했다. 결국 또 수술을 받기로 했다. 편도를 잘라낼 교수님은 귀 수술을 집도했던 교수님보다 열 배 정도 무서워 보였다. 천만다행으로, 입원하며 만난 주치의 선생님은 친절한 젊은 여자 전공의 선생님이었다. 여기저기 소독약이 튄 흔적이 있는 가운을 입은 의사 선생님은 처음부터 조금 지쳐 있는 듯 보였다. 그래도 웃으면서 중이염 수술도 잘 견뎌냈으니 편도 수술은 아무것도 아니라고 하면서 내 긴장한 마음을 다독여주셨다.

수술은 이번에도 잘 끝났다고 했다. 집도하신 교수님은 바람같이 회진을 와서 그렇게 말씀하시고는 바람같이 사라지셨다. 저녁 늦은 시간, 지쳐 보이는 주치의 선생님이 병실에 오셨다.

"차가운 아이스크림이 목으로 넘어가면서 피가 나는 것을 막아줄 수 있으니 많이 먹어요."

주사를 주러 온 것이 아니라 아이스크림을 먹으라고 당부하러 오셨다. 정말 천사 같았다.

"네, 잘 먹겠습니다! 저는 평소에도 아이스크림 좋아해요."

이렇게 답했던 것 같다.

그때는 지금과 다르게 아이스크림 전문 가게가 거의 없었다. 슈퍼마켓에서 파는 퍼 먹는 아이스크림도 자주 먹기 힘들었다. 그 당시에 유일하게 고급 아이스크림을 파는 가게가 시내에 한 곳 있었다. 값이 비싸 절대 안 사주시던 어머니가 그 아이스크림을 무려 두 통이나 병실 냉동실에 넣어 놓으셨다. 그것도 내가 좋아하는 딸기맛과 바닐라맛이었다. 눈물이 날 정도로 기뻤다. 어떤 맛부터 먹을까 고민하다 바닐라 아이스크림부터 한 숟가락 먹었다. 혀에서 목으로 전해지는 달콤한 맛에 목이 아프다는 것도 잊어버릴 정도였다.

그 순간 내가 가진 또 하나의 고질병인 '선천성 오지랖 과잉증'이 발병했다. 조금 전 지나오면서 봤던 병동에서 바쁘게 일하고 있던 주치의 선생님과 간호사들이 생각났다. 냉동실에서 딸기맛 아이스크림 한 통을 꺼내 간호사실로 갔다.

"이거 드세요. 저는 한 통 있어요."

병동 간호사들이 놀라며 고맙다고 했다. "저 학생 처음 볼 때부터 착해 보였어"라고 말하는 소리도 들렸던 것 같다. 어머니는 지금까지도 내가 두 통 다 먹은 걸로 알고 계실 것이다.

그런데 다음날 아침에 문제가 생겼다. 입 안에서 갑자기 피가 쏟아졌다. 수술 전에 들었던, 가장 우려되는 합병증인 수술 부위 출혈이 아니길 기도했다. 그러나 슬픈 예감은 틀린 적이 없었다. 내가 토해낸 피의 양에 비례해 젊은 의사 선생님의 얼굴에서 핏기가 사라졌다. 흰 가운이 피로 범벅이 될 정도로 열심히 지혈을 했지만 멎지를 않았다. 내가 아이스크림을 두 통다 먹지 않아서 잘못된 건가 별의별 생각이 다 들었다. 선생님은 누군가에게 머리를 연신 조아리며 전화를 했고 나는 처치실로 실려 갔다.

분위기가 험악했다. 안 그래도 인상이 무서웠던 교수님의 표정은 말로 표현하기 힘들 정도였다. 주치의 선생님은 옆에서 머리를 숙이고 계셨다. 교수님은 내 입을 벌리게 한 후 입을 절대 닫으면 안 된다고 하셨다. 그게 쉬운 일인가? 그래도 턱이 빠질 정도로 입을 벌리고 있었다. 30여 분 동안 혈종을 모두 제거했다. 너무 아프고 힘들었다. 그래도 내색을 할 수 없었다. 내가 아프다고 할 때마다 주치의 선생님이 더 혼났기 때문이다. 이유는 알 수 없었다.

다행히 출혈은 멈췄다. 병실로 함께 오면서 주치의 선생님이 미안하다고 하셨다. 시간이 날 때마다 찾아와서 목 안을 들여다보셨다. 3일이나 늦게 퇴원했다. 퇴원하던 날 아침 평상복으로 갈아입은 후 병원 앞 선물가게에 잠시 들렀다. 활짝 웃고 있는 까만 원숭이 인형을 하나 샀다. 퇴원하며 주치의 선생님께 고맙다고 인사하며 인형을 선물로 드렸다. 인형을 받아든 주치의 선생님이 눈물을 글썽거리셨던 기억이 난다.

이제 나도 이비인후과 의사가 되어 편도절제술을 한다. 수술 전 병실에 가면 침대에 걸터앉아 아이들에게 약속을 받는다. “아이스크림 많이 먹기로 한 약속 잊지 않았지?” 그러면 녀석들은 “네!” 하고 크게 대답한다. 나는 꼭 한마디를 덧붙인다. “아이스크림 절대로 다른 사람 주면 안 된다.”

거위가 알에서 부화되고서 처음 본 상대를 부모로 인식하는 현상을 ‘부모 각인(filial imprinting)’이라고 한다. 각인이 되기 위해서는 자극에 노출되는 시기가 매우 중요한데, 이를 ‘결정적 시기(critical period)’라고 한다. 내가 만났던 고마웠던 의사 선생님들이 나에게 ‘의사 각인’이 되어주셨던 것이 아닐까? 특히 ‘결정적 시기’인 어릴 때 좋은 의사 선생님을 만나 의사의 꿈을 키워 올 수 있었다. 그분들이 이비인후과 선생님이셨기에 내가 이비인후과에 더 끌렸던 건 어찌 보면 당연한 일이었다. 아울러 내가 다양한 이비인후과 질환 때문에 고통을 받아 봤기에 이비인후과 환자들의 아픔을 누구보다 더 잘 이해하는 의사가 될 수 있겠다는 생각도 했었다.

이비인후과 전문의가 되던 해 봄, 대구에서 열린 학회에 참석했다. 학회장 앞쪽에는 여느 때와 마찬가지로 일흔이 넘으신 원로 이비인후과 선생님들이 일찍 오셔서 착석해 계셨다. 내 어릴 적 단골 병원의 선생님도 역시 계셨다. 선생님은 학회에 빠진 적이 거의 없으셨다. 전공의 1년차 시절부터 인사를 드릴까 망설이다 전문의가 되어 당당하게 인사드려야겠다고 생각했었다.

"선생님, 저를 기억하시겠어요? 제가 어릴 때 선생님께 귀 치료를 오래 받았습니다."

선생님은 벌떡 일어나서 반갑게 악수를 청하셨다.

"어, 그래. 반가워! 지금은 어디에서 근무하시나?"

선생님은 환하게 웃으며 화답해주셨지만 나를 못 알아보신다는 걸 알 수 있었다. 그러나 섭섭하지 않았다. 선생님을 뵌 지 25년이나 지났기 때문이다.

이듬해 이비인후과 학회에서는 편도절제술을 받을 때 주치의를 맡았던 선생님도 우연히 만났다. 마지막으로 뵐 때는 20대 젊은 의사셨는데 40대 후반의 이비인후과 원장님이 되어 계셨다. 용기를 내어 인사를 드렸다.

"제가 편도 수술 후 출혈로 선생님 많이 힘들게 했어요. 퇴원할 때 선생님께 원숭이 인형도 드렸는데…."

선생님은 깜짝 놀라며 반가워하셨다. 그러나 역시 환자였던 나도, 까만 원숭이 인형도 기억을 못 하시는 눈치였다. 그래도 섭섭하지 않았다. 선생님을 뵌 지도 20년이나 지났기 때문이다.

"이 녀석이 선생님 방호복 입고 텔레비전에 나오시는 모습을 보더니 '우리 선생님'이라며 너무 좋아했어요. 커서 의사가 되고 싶대요."

편도절제술을 받고 일주일 만에 목 안의 상태를 확인하기 위해 진료실을 찾은 아이의 어머님이 들려주신 말씀이다. 3월 초 코로나19 선별진료소에서 인터뷰한 영상을 TV 뉴스에서 본 것 같았다. 괜히 기분이 좋았다.

이처럼 이비인후과 진료실에는 어린아이들도 다양한 질환으로 많이 찾아온다. 아이들을 진료할 때면 무뚝뚝한 얼굴에 웃음을 띄워 보려 애쓴다. 가운의 옷매무새도 가다듬는다. 아이들의 눈에 비칠 의사로서의 나의 모습을 스스로 자주 돌아본다. 소중한 '의사의 꿈'을 가진 많은 아이들에게 나는 과연 좋은 의사의 이미지를 각인시켜 주고 있는 것일까?

마지막 회진

10년 전 일이다. 50대 아주머니가 2개월 전 교통사고를 당한 후 코피가 가끔 난다며 병원에 오셨다. 코 내시경으로 코 안을 살펴봐도 출혈은 관찰할 수 없었다. 다만 종물로 의심할 만한 작은 병변이 보여 전산화 단층촬영(CT)을 권했다. 조직 검사와 필요하면 수술을 해야할지도 모른다고 설명했다. 다음 외래 진료를 보러 오셨을 때 코 내시경으로 확인해보니 종물은 더 커진 듯 보였다. 외래 진료실에서 서둘러 조직 검사를 시행했다.

일주일 뒤 조직 검사 결과가 나왔는데 불행하게도 코에서는 매우 드물게 발견되고 악성도가 매우 높아 예후가 가장 나쁜 암이었다. 예후가 나쁘다는 말을 듣는 환자만큼은 아니겠지만 앞으로 치료를 해 나가야 하는 의사로서도 당황스러웠다.

수술을 통한 종양의 제거와 항암 치료가 치료의 원칙임은 알고 있었다. 그러나 경험이 많지 않았다. 그래서 희귀한 악성 종양의 치료 경험이 많은 교수님들을 직접 찾아가기도 하고, 이메일을 보내 치료 방침에 대한 자문을 구했다. 모두 예후가 매우 불량하다는 말씀부터 해주셨다. 수술해도 재발을 잘 하고 다른 장기로 전이도 매우 많다는 것이다. 고생이 많겠다는 말씀과 함께 격려도 빠뜨리지 않으셨다.

암 환자를 치료하는 여러 과의 의료진이 모여 치료 방향을 의논했다. 고민 끝에 광범위한 암 절제술을 결정했다. 코 안의 종양은 물론이고 전이가 의심되는 목 부위의 림프샘까지 수술을 통해 모두 제거했다. 다섯 시간에 걸친 수술 후, 힘들 때마다 찾아가는 병원 3층 기도실에서 오랫동안 두 손을 모았다.

수술 후 2개월 뒤부터 혈액종양내과에 의뢰해 항암 치료를 시작했다. 혹시나 남아 있을지 모르는 암세포를 완전히 죽이기 위해서였다. 아주머니는 힘든 수술과 더 힘든 항암 치료 과정도 잘 견뎌주셨다. 그러나 우려했던 대로 몇 개월 뒤 다른 부위에 또다시 전이된 암이 발견되었다. 곧바로 다시 항암 치료에 들어갔으나 체력이 너무 떨어져 중단할 수밖에 없었다.

마지막에는 면역 치료까지 시행했으나 병의 진행을 막기에는 역부족이었다. 하루하루 악화되어 가는 환자의 모습을 곁에서 바라보며 안타까웠다. 경험이 많은 훌륭한 의사를 만났더라면 나을 수 있지 않았을까? 수술을 더 잘했으면 재발을 막을 수 있지 않았을까? 많은 생각에 밤에 잠을 이루기도 힘들었다.

주변의 경험이 많은 의사들이 그렇지 않다고 위로해주었지만, 귀에 잘 들어오지 않았다. 의사로서 더 할 수 있는 일이 없다는 사실에 너무 힘들었다. 아침저녁으로 병실로 찾아가 아주머니의 손을 잡고 이야기를 들어 드리는 것이 내가 할 수 있는 일의 전부였다.

하루는 지극정성으로 병간호를 하던 따님이 와서 어머니와 함께 외출하기를 원했다. 아직은 부축을 받아 다니실 정도의 체력이 되시기에 잘 다녀오시라고 배웅을 해드렸다. 임종을 앞둔 다른 환자들처럼 마지막으로 고향에 다녀오시려나 보다 생각했다.

병원 마당의 목련꽃 커다란 꽃봉오리가 떨어지기 시작할 무렵 이른 아침이었다. 회진을 시작하며 늘 가장 먼저 들르던 병실에 들어서는데 아주머니의 침대가 말끔히 정돈되어 있었다. 깜짝 놀랐다. 수간호사에게 자초지종을 들어보니 아주머니께서 지난밤에 임종하셨다고 했다. 그동안 수고하셨다고 나를 위로하는 간호사의 말도 귀에 잘 들리지 않았다. 곧바로 병원 영안실로 달려가 보니 가족들이 원해 대구 외곽지의 한 장례식장으로 모셨다고 했다.

오후 진료를 마치고 장례식장으로 향했다. 나의 '마지막 회진'이었다. 지난 몇 개월간 있었던 일들이 떠올라 눈시울이 붉어졌다. 영안실에 들어서니, 딸을 꼭 살려 달라고 하시던 아주머니의 노모께서 먼저 알아보시고 뛰어나와 맞아 주셨다. 가족들은 내 손을 잡고 고맙다고 하셨다. 고개를 들 수 없었다. 웃고 있는 아주머니의 영정 앞에 국화꽃 한 송이를 올려놓고 나오는데 따님이 따라 나오며 종이 가방 하나를 건넸다.

"어머니가 혹시 선생님이 오시면 꼭 전해 드리라고 하셨어요. 지난번 외출했을 때 어머니가 직접 고르신 거예요."

차에 돌아와 가방을 열어보았다. 병을 낫게 해주지도 못한 못난 의사를 위해 아주머니가 하늘에서 보내주신 선물은 하늘색 셔츠였다. 나도 모르게 뜨거운 눈물이 볼을 타고 주르륵 흘러내렸다.

이주노동자 신장 이식 프로젝트

"선생님, 만성신부전증 이주노동자를 도와주실 수 있나요?"

2015년 1월 초 포항의 한 종합병원 내과 선생님의 전화를 받았다. 20대 캄보디아 노동자가 일하다 쓰러져 응급실로 왔는데 만성신부전증이라고 했다. 처음에는 상태가 위중했지만, 응급 투석 치료를 통해 다소 호전되었다고 했다. 그런데 건강보험이 없어 치료비를 감당하지 못해 그 병원에서도 내보내려 한다는 것이었다.

"아무래도 다음 주에 캄보디아로 강제 추방될 것 같아요."

그 목소리에 안타까움이 묻어 있었다. 중증 만성신부전 상태의 이주노동자가 열악한 의료 환경의 캄보디아로 추방된다는 말은 곧 죽음을 뜻하는 것이었다.

"일단 우리 병원으로 보내세요."

구체적인 대책은 없었지만 일단 사람부터 살려야 했다. 그렇게 촌분튼과의 인연이 시작되었다.

그는 캄보디아 의류 공장에서 일하며 한 달에 10만 원 정도 벌고 있었다. 그러다 한국에 가면 열 배가 넘는 돈을 벌 수 있다는 말을 듣고 낯선 땅 한국행을 결정했다. 처음에는 농장에서 허드렛일을 했는데 생활 환경이 캄보디아 농촌만큼 열악했고 일도 힘들었다. 친구가 한 달에 130만 원 넘게 벌 수 있는 자동차 부품 공장을 소개해 줘 포항으로 왔다. 쉬는 날도 없이 열심히 일했다. 캄보디아에 돌아가면 집도 사고 결혼도 할 꿈이 있었다. 그런데 갑자기 온몸이 붓기 시작했고 결국 쓰러지고 말았다.

우리 병원에서 시행한 검사 결과 양측 콩팥의 기능이 거의 없었다. 평생 투석 치료를 받거나 신장 이식 수술을 받는 방법밖에 없었다. 공장에서 일하며 돈을 벌어야 하는 이주노동자가 일주일에 사흘이나 혈액 투석 치료를 받는다는 건 불가능했다. 이식 수술이 정답이었지만 기증자를 찾기가 어려웠다. 가족에게 받는 수밖에 없었다.

캄보디아에 사는 가족에게 연락했다. 아들의 상태를 들은 아버지가 곧바로 콩팥 기증 의사를 밝혔다. 가난한 캄보디아 사람들을 위해 한국인 의료선교사가 캄보디아 프놈펜에 세운 헤브론병원에 부탁해 아버지의 신체검사를 했다. 안타깝게도 당뇨가 심해 기증을 할 수가 없었다. 소식을 들은 츤분튼도 실망해 밥도 잘 먹지 않았다. 그런데 며칠 뒤 친형이 기증 의사를 밝혔다. 역시 헤브론병원에서 검사를 해보니 혈액형도 동생과 같았고 모든 결과가 이식할 수 있음을 보여주었다. 소식을 들은 츤분튼과 나는 기뻐서 어쩔 줄을 몰랐다.

형이 빨리 한국으로 오는 것이 급했다. 그러나 캄보디아에서 한국행 비자(VISA)를 받기가 쉽지 않았다. 캄보디아 한국대사관에 필요한 서류를 보낸 후 직접 연락을 해 사정을 말하고 도움을 요청했다. 현지 헤브론병원 원장님, 캄보디아 현지 선교사님들도 큰 도움을 주셨다. 다행스럽게도 비자가 급행으로 나왔다.

이제 남은 문제는 4천만 원에 달하는 수술비 해결이었다. 공장에서 번 돈의 대부분을 가족들의 생계비로 송금했기 때문에 츤분튼은 가진 돈이 거의 없었다. 캄보디아에 있는 가족들도 월세로 5만 원 남짓 내는 단칸방에 다섯 식구가 함께 살고 있었다. 형이 바퀴 세 개 달린 '툭툭이'를 몰아 하루에 겨우 몇 달러 번다고 했다. 어릴 때 어머니가 돌아가시고, 당뇨병을 앓는 아버지는 힘든 일을 하지 못해 어린 츤분튼은 늘 배고픔과 싸워야 했다. 츤분튼이 한국에서 보내오는 돈으로 겨우 살아가던 가족들에게 그의 투병 소식은 그래서 청천벽력 같았다. 수술비라는 말을 꺼낼 수가 없었다.

성금을 모으기로 했다. 먼저 동산병원 선교회와 지역의 대형 교회에 도움을 청했다. 『매일신문』 '이웃 사랑' 코너에 "수술비 마련 못 해 무너지는 코리안 드림"이라는 제목으로 츤분튼의 딱한 사연이 실렸는데, 한 주 동안 1,300만 원이 넘는 성금이 모였다. MBC TV 〈징검다리〉 프로그램에 츤분튼의 형수가 도움을 호소하는 영상이 소개되자 또 많은 성금이 답지했다. 경산역 앞에서 작은 노점을 하는 아주머니는 어릴 때 자신이 가난 속에서 아팠던 기억이 난다며 100만 원을 보내기도 했다.

아울러 대구의료원에도 지원을 부탁했다. 미등록 이주노동자 긴급 진료 지원 예산으로 입원비 및 투석 치료비 800만 원을 해결했다. 콩팥 이식 수술비로 1,000만 원 이상 도와주시기로 했다. 공공병원인 대구의료원의 소중함을 느낄 수 있었다.

2015년 2월 24일 새벽, 인천공항행 리무진에 올랐다. 동생이 써준 형의 캄보디아 이름이 적힌 피켓을 들고 입국장 앞에 기다렸다. 드디어 촌분튼의 형이 입국장에 나타났다. 형은 동생보다 더 야윈 모습이었다. 연결되는 국내선을 타고 대구로 향했다. 동생은 형이 도착하기 오래 전부터 병원 현관에 나와 기다리고 있었다. 2년 만에 다시 만난 형제는 얼싸안고 한참을 서럽게 울었다.

수술을 받을 동산병원에서 이식 수술에 필요한 검사를 받았다. 가장 우려되는 이식 후 거부 반응의 가능성을 미리 확인하는 여러 가지 검사도 시행했다. 모든 검사에서 이상이 없었다. 마침내 수술이 3월 20일로 결정되었다. D-7일이었다.

그런데 다음날 어이없는 문자메시지 한 통을 받았다. "내일 병원 윤리위원회가 있으니 참석 바랍니다." 병원에서 '불법 체류자'를 대상으로 신장 이식 수술을 하는 것이 과연 윤리에 맞는지 회의를 한다는 것이었다. 사람으로서 마땅히 행하거나 지켜야 할 도리가 '윤리'인데 이주노동자 신장 이식 수술이 왜 윤리에 어긋난다는 것일까?

"촌분튼은 불법 체류자가 아니고 미등록 이주노동자입니다. 이주노동자는 일터도 옮기지 못하게 하는 이상한 법 때문에 불법이 된 것뿐입니다. 아픈 사람을 어떻게 불법 사람과 합법 사람으로 나눌 수 있습니까?"

전화통을 들고 한참 동안 울분을 토했던 것 같다. 그날 저녁, 병원 윤리위원회는 취소되었다.

3월 20일 아침 8시, 드디어 츤분튼 형제의 콩팥 이식 수술이 시작되었다. 10번 수술방에서는 비뇨기과 수술 팀이 형의 한쪽 콩팥을 떼기 시작했다. 맞은편 11번 수술방에서는 이식 혈관 외과 수술팀이 대기하고 있다가 형의 한쪽 콩팥이 도착하자마자 동생의 몸속에 이식하기 시작했다.

오후 1시경 모든 수술이 끝났다. 중환자실에 가 보니 동생 츤분튼이 격리된 창을 통해 통증을 참으며 살짝 웃어주었다. 의료진의 관심은 모두 이식을 받은 동생의 소변 줄에 가 있었다. 소변이 잘 나오는지 여부가 수술의 성공과 실패를 보여주기 때문이다.

"선생님, 소변이 나이아가라 폭포처럼 나오는데요."

잠시 뒤 중환자실 수간호사가 환하게 웃으며 말했다. 모두 환호를 질렀다. 나도 모르게 눈물이 주르륵 흘렀다.

우공이신(愚公移腎).

좋아하는 사자성어 '우공이산(愚公移山)'을 본떠서 만든, 이번 츤분튼 형제 신장 이식 프로젝트에 내가 붙인 이름이었다. 많은 사람이 불가능하다고 했다. 캄보디아 사람이고, 가난하고, 거기다 '불법 체류자'이기에 무리라고 했다. 삶과 죽음은 그 사람의 타고난 운명이니 그냥 캄보디아로 보내라고 했다.

그러나 많은 사람이 힘을 모아 불가능할 것 같았던 일을 현실로 만들었다. 대구의료원, 계명대학교 동산병원, 그리고 캄보디아 헤브론병원에서 수고해주신 의료진과 직원들에게 고마웠다. 성금을 보내주신 많은 대구 시민들께도 감사한 마음이 들었다. 보이지 않는 곳에서 수고해주신 분들도 잊기 어렵다.

형의 콩팥을 이식받은 촌분톤이 수술 후 13일 만에 퇴원했다. 정이 많이 든 병동의 간호사들이 축하해주었다. 어떻게 아셨는지 원내 이용소 아저씨는 몰래 환자를 불러 깔끔하게 이발까지 해주셨다. 두 형제는 퇴원하며 의사와 간호사들에게 두 손을 모으고 절을 하다시피 인사했다. "어꾼 쯔란(정말 고맙습니다)."

촌분톤은 대구의료원에서 2주 정도 경과를 본 후 포항으로 돌아가기로 했다. 그러던 어느 날 콩팥의 기능을 나타내는 피검사에 이상이 발견되었다. 가장 우려했던 급성 거부 반응이 의심되었다. 급히 동산병원에 다시 입원했다. 거부 반응이 심해지면 이식한 콩팥이 제 기능을 못 할 수도 있기 때문이다. 신장내과 교수님은 일시적인 탈수 현상일 수 있다고 근심에 싸인 촌분톤을 안심시켰다. 나는 거부 반응이 아니기를 간절히 기도했다. 다행히도 열흘 만에 콩팥 기능이 다시 정상을 되찾았다. 모두 놀란 가슴을 쓸어내렸다.

형에게 허가된 비자의 만기일이 서서히 다가왔다. 곧 캄보디아로 돌아가야 했다. 주말에 두 형제를 차에 태우고 벚꽃이 만개한 경주 보문단지에 갔다. 이식 수술을 하면 평생 복용해야 하는 면역억제제를 캄보디아에서는 아직 구할 수 없어, 동생은 언제 다시 고향에 돌아갈 수 있을지 기약이 없다. 그래서 그날 둘이서 많은 시간을 보낼 수 있도록 배려해주고 사진도 많이 찍어주었다. 온종일 손을 꼭 잡고 다니며 정겹게 이야기를 나누는 형제의 모습이 안타까우면서도 참 보기 좋았다.

출국 하루 전 동생이 머물던 대구의료원에서 형제가 마지막으로 만났다. 형이 동생에게 약도 직접 먹여주었다. 알아들을 수는 없었지만, 오랫동안 만나지 못할 동생에게 형이 여러 가지 당부를 하는 것 같았다.

형은 병든 동생에게 자신의 콩팥을 떼어주기 위해 한국 땅을 밟은 지 52일 만에 캄보디아로 돌아갔다. 새벽에 KTX를 타고 인천공항까지 함께 갔다. 무슨 생각을 하는지 차창을 바라보며 말이 없었다. 출국장 앞에서 나에게 뭔가를 전해주는데 손편지였다. 합장하며 “어꾼 쯔란”이라고 작별 인사를 하는데 목소리가 떨렸다. 출국장 입구로 들어서다 잠시 멈춰 돌아보는데 그의 눈시울이 붉어져 있었다.

선생님의 도움이 없었으면 내가 내 동생에게 콩팥을 주기 위해 한국에 올 수 없었을 것입니다. 내 동생을 살려주셔서 고맙습니다. 수술비를 마련해준 한국 분들께 감사합니다. 가난한 저와 우리 가족은 보답할 것이 아무것도 없습니다. 모든 분의 축복을 빌어 드릴 뿐입니다.

지금 동생은 포항의 자동차 부품 공장에서, 형은 캄보디아 시골 고향에서 열심히 건강하게 잘 살고 있다. 경주에서 벚꽃 소식이 들려오면 두 형제가 그립다.

밸런타인데이의 약속

2011년 2월 초 어느 날 퇴근길에 병원 앞 베이커리에 들렀더니 빵은 구석으로 밀려나고 예쁘게 포장된 초콜릿들이 주인 행세를 하고 있었다. "수능도 끝났는데 이상하네"라고 생각하며 돌아보니, 베이커리 진열대 위에 "2월 14일, 해피 밸런타인데이, 사랑을 전하세요"라고 큼지막하게 적혀 있었다. "또 시작이구먼. 그놈의 데이 마케팅(day marketing)"이라고 혼자 중얼거리니, 영문도 모르는 베이커리 주인이 괜히 긴장한 표정이었다. 매달 14일이면 '무슨 데이'라는 정체 모를 이름을 붙여 어린 학생들의 주머니를 노리는 상술이 못마땅했다.

그런데 그날 저녁 집에 들어가니 어린 딸아이가 방에서 무언가 열심히 만들고 있었다. "내일 아빠 줄 초콜릿과 카드를 만들고 있어"라고 아내가 귀띔해주었다. "올해는 나도 초콜릿 맛을 볼 수 있겠구나"라며 속으로 흐뭇해 하고 있는데, 딸아이가 고개를 갸우뚱거리며 다가와 물었다.

"아빠, '밸런타인데이' 할 때 알파벳 B로 시작해? 아니면 V로 시작해?"

유치원에서 영어를 배우기 시작한 이후 이런 질문이 부쩍 늘었다. 그동안은 다행히 쉬운 질문이라 무사히 넘겼는데 갑자기 난감해졌다. 어디선가 '밸런타인'이 신부님 이름이라고 들었던 것 같은데 철자가 B로 시작하는지 V로 시작하는지 헷갈렸기 때문이다.

"밸런타인은 옛날 훌륭한 신부님 이름이야. 그런데, 으음…."

그러고는 말이 막혔다. 다급해진 나는 딸아이가 듣지 못하게 작은 소리로 옆에 있던 아내에게 도움을 청했다.

"술 이름 '밸런타인'은 확실히 B로 시작하는데…. 그 '밸런타인'이 그 '밸런타인'일까?"

아내는 기가 막힌다는 표정을 짓고 있었다. 그러는 사이, 눈치 빠른 딸아이는 영어를 포기하고 한글로 "사랑하는 아빠,

밸런타인데이 축하해"라고 카드에 쓰고 있었다.

"아빠, 내일 아침에 초콜릿이랑 카드 줄게."

화끈거리는 얼굴을 숨기고 컴퓨터 앞에 앉아 '밸런타인데이'를 검색해 봤다. '밸런타인데이'는 3세기경 병사의 결혼을 금지한 로마 황제 클라우디우스 2세에 반대한 사제 밸런타인(St. Valentine)이 처형된 270년 2월 14일을 기념하는 날이었다. 그동안 어버이와 자녀가 사랑의 교훈과 감사를 적은 카드를 교환하던 풍습이 서양에서 지속하여 왔는데, 일본 초콜릿 회사들의 상술에 의해 연인 사이에 여자가 남자에게 초콜릿을 선물하는 날로 변했다고 한다.

다음날 아침, 딸아이로부터 약속된 초콜릿과 카드를 받았다. 고맙다고 안아주고, 현관문을 나서며 말했다.

"밸런타인데이는 알파벳 B가 아니라 V로 시작해."

그날 오전 외래 진료를 마치고 진료실을 나서는데 문 앞에서 누군가 기다리고 있었다. 소아암으로 8개월째 항암 치료를 받고 있는 열다섯 살 여자 환자였다.

한 해 전 7월 가끔 코피가 난다며 외래 진료실에 찾아왔다. 코 내시경으로 들여다보니 단순 코피가 아니었다. 컴퓨터 단층 촬영과 조직 검사를 해보니 코에 발생한 '횡문 근육종'이라는 드물고도 무서운 병이었다. 코뿐만 아니라 이미 눈과 뇌막 부근까지 퍼져 있어서 수술은 불가능한 상태였다. 소아청소년과와 협진하여 곧바로 항암 약물 치료와 방사선 치료를 시작했다.

항암 치료로 입안이 헐어 아무것도 먹지 못하는 모습을 보면서 마음이 아팠다. 입안 상태가 좀 좋아지면 항암제 부작용으로 구역질이 계속되어 또 먹지를 못했다. 45킬로그램이던 몸무게가 37킬로그램으로 줄었다. 입원 치료 기간 백혈구 수치가 거의 바닥 수준까지 떨어지고 고열이 나는 등 여러 번의 심각한 고비가 있었지만 씩씩하게 잘 견뎌주었다. 곱게 빗어 내렸던 머리는 항암 치료로 인해 모두 빠졌지만, 회진 때마다 웃어주는 예쁜 아이였다.

"선생님, 오늘 밸런타인데이예요. 초콜릿 드세요. 정말 감사해요."

살이 너무 많이 빠져 뼈 모양이 그대로 드러난 손에 예쁘게 포장된 초콜릿과 빨간색 카드가 들려 있었다.

"으응, 그래! 고맙다. 다른 선생님들과 잘 나눠 먹을게. 힘들 텐데 7층까지 올라왔구나."

전혀 예상하지 못했던 상황이라 고맙다는 인사도 제대로 못 했다. 여러 개의 링거를 주렁주렁 단 채 다시 병실로 향하는 모습을 그냥 한참 동안 멍하니 쳐다보고 있었다. 미안한 마음이 들었다. 항암 치료를 시작할 무렵에는 일부러 시간을 내어 병실에 찾아가 이야기도 많이 나누었다. 한창 사춘기를 넘어가고 있을 시기에 갑자기 닥친 병마로 마음의 상처가 너무나 클 것 같아서였다. 그러나 항암 치료가 길어지면서 나도 모르게 회진 때 병실에 머무는 시간이 줄었다. 매일 오후 회진을 마칠 무렵 '소아 항암 치료 병실'에 들러 펜라이트(pen light)로 헐어버린 입안을 살펴보는 것이 고작이었다. 형식적으로 비슷한 말을 매일 반복해서 해줄 뿐이었다. "오늘은 어떠니? 힘내야지. 억지로 뭐라도 먹고. 화이팅!"

펜을 쥔 손에 힘이 너무 없어 많은 시간을 들여 썼을 것 같은 카드에는 이렇게 적혀 있었다.

"선생님, 치료가 끝나면 제가 젤 좋아하는 막창 대접할게요."

힘든 일 년간의 항암 치료를 잘 견뎌내고 완치되었다. 이제는 성인이 되어 건강하고 씩씩하게 자신만의 꿈을 이루기 위해 열심히 살고 있다. 일 년에 한 번씩 재발 여부를 확인하기 위해 병원에 온다. 올해 밸런타인데이가 되기 며칠 전, 호주로 일 년간 공부를 하러 떠난다며 인사를 하러 왔다. 많이 배우고 오라고 격려를 해주었다. 병실을 나가는 뒷모습을 바라보는

데 9년 전 그날 저녁 회진을 돌며 했던 약속이 떠올랐다.

"선생님도 제일 좋아하는 음식이 막창인데, 항암 치료 끝나고 퇴원하면 전공의 선생님들과 함께 막창 파티 한번 하자. 선생님이 쏠게!"

인간미가 느껴지는 의사

몇 해 전 여름, 의과대학의 한 교수님이 '대학 전공 탐색 — 의사'라는 주제의 수업을 고등학교에 직접 가서 해줄 수 있는지 물으셨다. 살짝 웃으시면서 요청받은 학교가 나의 모교라고 귀띔해주셨다. 마지막 말씀은 학연, 지연으로 다가서는 사람들에게 강한 거부감이 있는 나에게 차라리 하지 않는 편이 더 좋았다.

강연 부탁을 받은 후 의사라는 직업에 대해 학생들 앞에서 무슨 말을 해줄 수 있을지 고민했다. 흰 가운을 입은 지는 십여 년이 흘렀지만, 의사라는 직업의 정체성에 대해 스스로 질문을 던지고 있던 때라 그런 주제로 강단에 설 자신이 없었다.

"아무래도 학생들 앞에서 강연하기 힘들겠습니다."

정중히 사양했다. 그러나 교수님은 거듭거듭 부탁하셨고, '노'라는 말을 딱 부러지게 하지 못하는 나는 끝내 승낙하고 말았다. 교수님은 정말 고맙다고 하시며 이렇게 말씀하셨다.

"김 교수 바쁠 것 같아, 수업에 필요한 자료를 이메일로 이미 보냈어요."

받아 본 강의 자료는 보기만 해도 숨이 턱턱 막히는 내용이었다. 의사라는 직업의 정체성에 관한 내용은 없고, 의과대학 입시 요강, 지원 자격, 그리고 우리 학교를 자랑하는 내용이 전부였다. 보내주신 정성에 살짝 죄송했지만, 대부분의 내용을 지웠다. 그런 다음 내가 학생들에게 들려주고 싶은 이야기로 채웠다.

수업을 위해 찾은 모교 교정의 풍경은 25년 전 그대로였다. 누구인지도 모르면서 꾸벅꾸벅 인사를 하는, 얼굴에 여드름이 피어난 학생들의 모습은 그 시절의 나를 보는 듯했다. 미리 안내받은 교실에 들어서자 30여 명의 학생들이 기다리고 있었다. 진학 담당 선생님께서는 최상위권 학생들이라는 말씀부터 했다. 매년 입시 때마다 하늘을 찌른다는 의대의 인기를 또 한 번 실감할 수 있었다.

다양한 모습으로 살아가는 의사들 소개부터 하고 본론인

의사라는 직업의 정체성에 대해 이야기해야 학생들의 이해가 빠를 것 같았다. 돈을 잘 벌고 권력을 가진 의사가 아니라 동네 의원에서 어려운 이웃들의 주치의 역할을 하며 평범하게 살아가는 의사들을 먼저 소개했다. 특히 내가 어릴 적 아플 때면 찾아가던 이제는 고인이 되신 마음이 넉넉했던 우리 동네 내과 선생님에 대한 고마운 기억부터 전했다. 아울러 환자의 질병만 고치는 소의(小醫)에 머물지 않고 병든 우리 사회를 고치기 위해 싸우고 있는 대의(大醫)들의 모습도 보여주었다.

남수단 톤즈 마을에서 가난하고 병든 아프리카 아이들을 보살폈던 이태석 신부님, 한국 전쟁으로 어렵던 시기 천막 병원을 세우고 피난 온 가난한 이들을 위해 봉사했던 장기려 박사님, 세계보건기구 사무총장으로 소외되고 가난한 국가의 질병 예방을 위해 헌신했던 '아시아의 슈바이처' 이종욱 박사님 등 인간미가 가득했던 의사들을 소개하는 데 많은 시간을 할애했다.

"황소처럼 우직하고 끈기가 있으면서, 힘들고 아픈 사람을 위해 진실한 눈물을 흘릴 수 있는 측은지심(惻隱之心)이 있는 사람이면 열심히 노력해서 의사의 꿈을 꼭 이루세요"라고 말하면서 수업을 마쳤다.

돈을 많이 번 의사, 중매 시장에서 인기 있는 의사들 이야기가 없어서 학생들이 실망하지 않았을까? 의과대학 합격 비법을 말해주지 않아 시간만 낭비했다고 생각했을까? 거기다가 창의적이고 기발한 아이디어가 많은 학생은 의과대학에 오는 것보다 기초과학이나 공학 관련 전공을 선택하는 것이 자신을 위해서나 국가를 위해서나 더 좋다고 말하는 의사가 이상하게 느껴졌을까?

수업을 마칠 때 학생들은 외부에서 온 강사에게 박수를 보내주었지만, 내 메시지가 잘 전달되었는지 걱정이 되었다. 수업을 함께 지켜보셨던 입시 담당 선생님은 한 시간 동안 학생들이 이렇게 집중하는 모습을 본 적이 없다고 하셨다. 인사치레의 말씀이라는 생각도 들었지만 다행이었다.

나는 20여 년 전 천신만고 끝에 늦은 나이에 의과대학에 합격했다. 합격통지서를 받고 고3 담임선생님을 찾아가 인사를 드렸다. 이제는 고인이 되어 스승의 날이 돌아와도 찾아뵐 수 없는 담임선생님께서는 그때 나에게 딱 한 가지만 당부하겠다고 하셨다.

"인간미가 느껴지는 의사가 되어라."

'인간다운 따뜻한 맛'인 인간미(人間味)야말로 의사가 꼭 갖춰야 할 심성임을 병원 생활을 하면서 자주 느낀다. 의사라는 직업의 정체성에 대한 수업을 준비하면서 나는 지금 초심을 잃지 않고 의사로서의 정체성을 늘 생각하며 살아가고 있는지 돌아보게 되었다. 솔직히 부끄러웠다. 언젠가부터 의사라면 당연히 갖추어야 할 인간미는 잃어버리고, 단순히 병만 치료하는 차가운 치료용 로봇이 되어가고 있는 내 모습을 깨닫게 되었다.

교학상반(教學相伴). 가르치면서 배우고, 배우면서 가르친다고 했던가. 의사의 정체성에 대한 수업을 준비하며 오히려 내가 더 크게 배웠으니 학생들에게 고마웠다.

의사의 바른 마음, 의원정심규제 醫員正心規制

저헌(樗軒) 이석형(李石亨)은 조선 초의 명신(名臣)이다. 세조 2년, 전라감사로 부임한 이석형은 강진 만덕사에 들렀다. 그곳에서 이석형은 장덕(張德)이라는 의원을 성토하는 백성들의 목소리를 듣게 된다. 권력 있는 사람의 가족만 정성껏 치료하고 일반 백성들은 소홀히 대한다는 것이었다. 억울함을 관가에 호소해도 힘 있는 자들과 결탁해 오히려 백성들이 불리한 처사를 당한다고도 했다. 이석형은 진상 조사 후 '나쁜 의사' 장덕을 국법에 따라 처리했다. 이후 그는 대사헌에 올라 아픈 사람을 치료하는 의원들이 가져야 할 바른 마음을 규범으로 만들었다. 바로 '한국판 히포크라테스 선서'로 불리는 「의원정심규제(醫員正心規制)」이다. 이석형은 「의원정심규제」를 전국에 훈시했고, 5년 뒤에는 팔도도체찰사로 전국을 순회할 때 직접 널리 알렸다.

매년 의과대학 수업 시간에 학생들과 함께 「의원정심규제」를 읽는다. 이 규범은 "의사의 도리는 정직하게 진료함(醫道正直診療)"이라고 명확히 밝힌다. 또한 "빈부 고하로 환자를 차별해서는 안 된다(醫員夫患者何條件貧富高下莫論無差別待遇診療)"라고 강조한다. "의학자는 교만을 버리고 성스러운 마음으로 환자를 대해 세상의 존경을 받아야 하며 치료를 빙자하여 다른 것에 이용하면 안 된다(醫學者世間之尊敬人恒時以聖心對人不爲驕慢治療憑藉不許他方利用)"는 점도 주지시킨다.

이석형의 생가 터에는 서울대병원이 들어서 있다. 그런데 서울대병원은 2017년 6월 기자회견을 열고 고(故) 백남기 농민의 사인을 '병사'에서 '외인사'로 수정했다. 264일 만에 사망 원인이 바로잡힌 것이다. 늦었지만 다행한 일이었다.

백남기 농민은 2015년 11월 서울 광화문 근처에서 열린 민중총궐기 시위에 나섰다가 경찰이 쏜 물대포를 맞고 머리를 크게 다쳐 서울대병원에서 11개월 동안 사경을 헤매다 숨졌다. 그런데 서울대병원은 사망한 농민의 사인을 '외인사'가 아닌 '병사'로 규정해 논란을 자초했다.

'물대포'라는 유발 요인이 없었다면 故 백남기 씨는 혼수상태에 빠지지 않았을 것이므로 고인의 죽음은 명백한 '외인사'에 해당합니다. (…) 서울대병원 사망진단서의 내용은 저희가 배운 것과 달랐습니다. (…) 저희가 소명으로 삼고자 하는 직업적 양심이 침해받은 사안에 대해 침묵하지 말아 주시기를 간절히 청합니다. 저희가 어떤 의사가 되어야 하는지 보여주십시오.

급기야 2016년 9월 서울대학교 의과대학생 102명이 선배들에게 공개적으로 '의사의 길'을 묻기에 이르렀다.

그런데도 서울대병원과 주치교수는 요지부동이었다. 심지어 병사라고 기록한 진단서에 '주치의의 철학'과 '진정성'이 담겨 아무 문제가 없다며 버텼다. 그러나 환자와 유가족을 위한 의사의 마지막 배려인 진단서에 담겼어야 할 것은 '전문가 정신'과 '의사의 양심'이었다.

A. J. 크로닌의 자전적 소설 『성채(城砦)』의 주인공 앤드루는 의과대학을 졸업한 후 광산촌에서 폐병에 걸린 환자들을 돌본다. 그곳에 만연해 있던 보상금을 노린 허위 진단서 발급 요구를 단호히 거부했고 의료계의 독단에도 홀로 저항했다. 그러나 점점 그의 명성이 높아지면서 상류사회의 사람들과 어

울리게 되자 그토록 경멸하던 탐욕과 권력의 덫에 서서히 빠져들었다. 눈앞에 보이는 성채인 '부와 명예'를 좇는 사이 '인간적 의술'이라는 '보이지 않는 성채'를 망각하고 말았다.

"당신이 인생에 대해 어떻게 말했는지 기억나지 않아요? 인생은 미지의 것에 대한 도전이며, 언덕 위에 있다는 것은 알지만 보이지는 않는 어떤 성을 차지하기 위해 힘겹게 언덕을 오르는 것과 같다고 말했잖아요."

타락해 가는 남편 앤드루의 순수했던 열정을 상기시키려 죽음을 앞둔 그의 부인 크리스틴은 마지막으로 간절한 호소를 보낸다.

나 역시 진료 현장에서 '눈앞에 보이는 성채'를 향한 욕심에 의사로서의 양심을 잃어버린 채 살아가고 있는 건 아닐까? 매일 아침 출근해 진료실로 향할 때마다 「의원정심규제」의 가르침을 마음에 새겨본다.

따뜻한 청진기

"청진기만 대면 병이 낫는 줄 알고 가슴에 딱 한 번만 대어 달라던 가난한 할머니가 자꾸만 생각났기 때문입니다."

'한국의 슈바이처'로 불렸던 장기려 박사가 경성의전 교수직을 마다하고 무료진료 병원으로 향하며 남긴 말이다. 그는 청진기를 댈 때마다 오진하지 않기를 기도했다고 한다.

고대 그리스의 히포크라테스는 의사가 환자를 볼 때 가장 먼저 해야 할 일은 시각, 촉각, 청각, 후각을 통해 중요한 이상을 빨리 알아내는 것이라 했다. 그는 직접 환자의 몸에 귀를 대고 체내의 음을 들어 환자의 상태를 파악하기도 했다. 그러나 진단에는 한계가 있었다.

"의사는 사람의 질병을 치료하기 위해 약을 처방하지만, 그 약에 대해서는 아주 조금 알고, 그 질병에 대해서는 아는 것이 더 없고, 사람의 몸에 대해서는 아무것도 모른다."

불과 250여 년 전 철학자 볼테르가 한 말이다.

그런데 약 200년 전 사람의 몸에 대해 좀 더 알게 해주는 획기적인 발명품이 나왔다. 프랑스 의사 르네 라에네크가 청진기를 만들어 낸 것이다. 나무 막대에서 느낀 음향 현상을 인체에 적용해 발명했다. 의사들은 환자 몸에 귀를 대고 진찰하는 불편을 청진기 덕분에 덜 수 있게 되었고 우리 몸의 소리에 귀를 기울일 수 있게 되었다. 청진기가 들려주는 폐의 호흡 소리, 장의 운동 소리, 그리고 심장의 박동 소리는 오랜 세월 동안 의사들에게 진단의 실마리를 제공해주었다. 청진기 덕분에 질병에 대해 좀 더 잘 알 수 있게 된 것이다.

의사들의 흰 가운 주머니에 들어 있거나 목에 늘 걸려 있던 청진기를 요즘은 병원에서 보기 어렵다. 초음파, MRI 등 우리 몸속을 훤히 보여주는 첨단 장비가 등장하면서 청진기가 우리 곁에서 서서히 사라지고 있다. 환자의 몸이 의사에게 들려주는 미세한 소리에 귀를 기울이는 대신 최근에 개발된 의료 장비에 의존하려는 경향이 의사들 사이에 나타나고 있다. 청진기가 박물관으로 갈 날도 멀지 않았다는 우려의 목소리도 들린다.

환자들 역시 큰 병원의 첨단 의료 장비를 보면 마음이 놓이고 동네 의사가 청진기 하나로 진찰을 하면 불안해한다. 첨단 장비에 대한 환자들의 신뢰도는 높아지고, 의사들이 직접 시행하는 신체 진찰에 대한 신뢰도는 갈수록 낮아지고 있다. 이러한 첨단 의료 장비에 대한 과도한 믿음이 비싼 의료 장비의 경쟁적 수입으로 인한 자원 낭비와 진료 현장에서의 과잉 검사로 이어지지 않을까 우려스럽다.

사람 몸의 미세한 물리적, 화학적 변화까지 감지하는 첨단 의료 장비가 진단에 도움을 주는 것은 사실이다. 더 작은 소리까지 인식하고 더 정밀한 변화를 보여줄 수도 있다. 하지만 이러한 검사가 의사들의 문진과 신체 진찰을 대신할 수는 없다. 자세한 문진과 신체 진찰은 진단의 방향을 정해주고, 꼭 필요한 검사의 폭을 줄여준다. 이를 통해 시간과 돈을 절약할 수 있고, 환자의 고통도 줄일 수 있다. 과학 기술이 발달한 의료 선진국에서 오늘날까지도 문진과 신체 진찰의 중요성을 강조하는 이유가 여기에 있다.

청진기는 오랫동안 의사와 환자 사이를 연결해주던 끈이었다. 의사들은 청진기를 통해 환자의 몸이 들려주는 이야기에 귀 기울이는 법을 배웠다. 청진기가 서서히 설 자리를 잃어가면서 의사와 환자 사이에 따뜻했던 '소통의 통로' 역시 사라지는 것 같아 안타깝다.

2009년부터 우리나라 의사 국가시험에 실기 시험이 추가되었다. 의사가 되기 위해서는 필기 시험은 물론이고 청진을 포함한 신체 진찰 및 기본 술기를 평가하는 시험도 통과해야 한다. 학생들이 시험을 앞두고 모의 환자를 대상으로 실습을 하는 광경을 가끔 지켜본다. 청진을 시행하기 전 청진기의 판을 학생들이 손으로 꼭 쥐고 있는 모습을 볼 수 있다. 어떤 학생은 청진기 판을 자신의 입김으로 '호호' 불고 있다. 쇠붙이인 청진기 판이 환자의 몸에 닿았을 때 차갑게 느껴지지 않게 하려는 따뜻한 배려이다.

매년 새봄이 오면 빳빳하게 다린 새하얀 가운을 입은 '새내기 의사'들이 환자들 곁으로 찾아온다. 그들의 목에도 새로 산 반짝반짝 빛나는 청진기가 걸려 있을 것이다. 의사 시험 준비를 할 때 자신의 체온으로 청진기를 데우던 그 초심을 아픈 환자들 곁에서도 늘 잃지 않기를 바란다.

명의를 빛어내는 '환자의 마음'

병원 안 치유정원의 움트는 목련 꽃망울이 춘삼월을 알린다. 병원에서 봄을 알리는 또 하나의 봄의 전령은 빳빳한 흰 가운을 입고 매년 3월이면 어김없이 등장하는 새내기 의사, 인턴 선생님이다. 의과대학을 갓 졸업하고 의사의 길을 시작하는 그들의 표정엔 열정이 넘쳐난다.

종합병원에서 일 년간 여러 과를 뱅뱅 순환하며 수련을 받는 초년병 의사를 '인턴'이라 부른다. 인턴에게 주어진 임무는 다양하다. 응급실에 구급차가 도착하면 가장 먼저 뛰어나가야 한다. 병동에서 호출이 오면 채혈, 관장, 소변 줄 삽입, 상처 부위를 소독하는 드레싱 등을 수행한다. 수술 중에는 수술 부위가 잘 보이도록 복벽을 힘껏 당겨야 한다.

병원에 머물며 야간 당직도 서야 한다. 병원에서 주 80시간 이상 근무를 제한하는 전공의 법이 2016년 12월부터 본격 시행되면서 예전보다 덜 힘들어졌다고는 하지만 그래도 인턴은 힘들다. '퐁당퐁당 퐁퐁당'의 당직 스케줄이면 한 주에 세 번 당직이다. '퐁'은 퇴근하는 날, '당'은 당직을 서는 날이다. 예전보다 줄었지만 허드렛일도 처리해야 한다.

어느 것 하나 쉬운 일이 없지만, 인턴 초기에는 익숙하지 않은 술기 때문에 받는 심적 고통이 크다. 2009년부터 의사 국가시험에 실기 평가가 도입되면서 예전의 인턴 선생님보다 술기에 좀 더 익숙한 편이지만 실제 임상 경험이 적어 서툴 수밖에 없다. 차가운 마네킹이 아니라 따뜻한 체온이 느껴지는 환자의 팔에서 채혈을 하려면 손이 떨린다. 육법전서의 몇 배나 된다는 의학 지식을 익혔지만, 이론과 실제 사이의 간극이 너무나 크다는 것을 실감하게 된다.

채혈하는 과정에서 한 번, 두 번 실패가 거듭되면 환자의 안색은 점점 나빠지고 '초짜 의사'의 이마에도 땀방울이 맺힌다. 환자와 보호자가 보내는 불신의 눈길에 한껏 주눅이 든다.

"당신 말고 진짜 의사 불러와!"

급기야 이런 말까지 들으면 자존감마저 무너져 내린다.

"인턴 끝날 때쯤이면 눈 감고 주사기를 던져도 혈관에 꽂힐 거야."

대타로 불려와 채혈을 대신해준 선배 의사의 격려도 위로가 되지 못한다.

병원에서 초짜 의사의 시술을 받고 싶은 환자는 없을 것이다. 경험이 많은 의사의 술기를 원하는 건 인지상정이다. 그러나 누구에게나 초보 시절이 있다. 의사도 처음 배우는 시절의 시행착오를 거쳐 원숙한 경험을 갖춘 '명의'로 빚어진다.

환자들은 의사들에게 큰 가르침을 주는 교과서다. 특히 새내기 의사들은 처음 만나는 환자들을 통해 강의실에서 배우지 못한 환자의 마음도 배운다.

'줄탁동시(啐啄同時)'란 사자성어가 있다. 병아리가 세상 밖으로 나오기 위해 안에서 껍데기를 쪼는 것을 '줄(啐)'이라 하고, 그 소리를 듣고 어미 닭이 바깥에서 껍데기를 함께 쪼아주는 것을 '탁(啄)'이라고 한다. 자신의 노력과 외부의 도움이 동시에 만날 때 새로운 생명이 탄생하는 것이다.

껍데기를 깨려 애쓰는 새내기 의사들에게 환자들의 넓은 마음과 따뜻한 격려가 전해진다면 장차 인술(仁術)을 펼치는 훌륭한 의사로 성장할 수 있을 것이다.

임상 실습과 환자 인권

의대생은 의과대학에서 기초와 임상의학을 배우면 강의실을 떠나 병원으로 향한다. 예비 의사로서의 첫걸음인 임상 실습을 위해서다. 책을 통해 배운 의학지식을 실제로 환자 곁에서 접목해보는 소중한 기간이다. 기억을 더듬어 보면, 임상 실습을 통해 크게 깨우친 점은, 의학 공부야말로 '백문이불여일견(百聞而不如一見)'이라는 것이었다.

귓속의 고막은 '회백색 나팔 모양의 얇은 막'이라고 교과서에 설명돼 있지만, 솔직히 머릿속에 잘 그려지지 않았다. 임상 실습 시간에 환자의 고막을 직접 관찰한 후에야 정확한 구조를 이해할 수 있었다. 또 산부인과 임상 실습 시 분만 과정을 지켜보며 산고의 고통을 참아내는 모성의 위대함과 새 생명 탄생의 경이로움도 느낄 수 있었다.

이런 의대생의 임상 실습이 사회적 논란의 대상이 되곤 한다. 지난 2012년, 의대생이 분만 과정에 참관해 정신적 피해를 보았다며 한 산모가 병원을 상대로 손해배상을 청구했고, 법원은 "병원이 산모에게 위자료 3백만 원을 지급하라"며 일부 승소 판결을 했다. 이후 의대생 교육과 환자의 인권을 둘러싼 논쟁이 뜨거웠다.

사실 의대생과 수련의의 분만 과정 참관을 둘러싼 논란은 어제오늘의 일은 아니다. 18대 국회에서 한 국회의원이 '수련의의 진료실 출입에 대한 환자의 서면 동의'를 명문화한 입법을 추진했지만, 의료계의 반대로 무산되기도 했다.

의료계는 좋은 의사를 양성하기 위해서는 실습 교육이 꼭 필요하기에 대학 부속병원에서 의대생의 분만 참관은 필요하다는 입장이다. 환자의 사전 동의에도 부정적이다. 하루에도 수많은 환자를 진료해야 하는 현실에서 매번 사전 동의를 받는 것은 불가능하다고 말한다. 질 높은 의료서비스를 받기 위해서는 국민들이 적극적으로 협조해야 한다고도 주장한다.

그러나 고통을 호소하는 환자들이 있고 정신적인 피해까지 본 사례가 있다면 국민들의 협조만 요구할 수는 없지 않을까?

수련이나 교육이 목적이라 하더라도, 산모나 환자의 인격권도 보장받아야 할 중요한 가치이기 때문이다.

미국과 유럽의 대학병원에선 의료진의 필요에 따른 일방적인 참관은 허용하지 않는 추세다. 특히 미국은 미국병원협회 권고 사항인 'A Patient's of Rights'를 통해 환자가 진료에 참여하는 자가 누구인지에 대한 알 권리를 보장하고 있다. 2016년 국외 연수 과정에서 둘러보았던 미국의 한 대학병원은 수술에 따른 합병증 발생 가능성에 대한 동의서를 받기 전에 의대생·수련의의 참관과 지도 교수 지도하의 시술 참여에 대한 동의서를 먼저 받고 있었다. 아울러 수술이나 진료를 시작하기 전에 주치의에서 의대생까지 수술실과 외래 진료실에 있는 모든 사람을 환자에게 소개하고 인사를 나누는 모습이 인상 깊었다. 대부분의 환자도 의대생이나 수련의의 참관에 흔쾌히 동의하는 모습이었다. 좋은 의사를 길러내는 대학병원에 와서 치료와 수술을 받으며 자신이 의학 교육에 기여한다는 자부심을 느끼는 환자도 적지 않았다.

지난 2018년 대한의과대학·의학전문대학원학생협회에서 임상 실습 중인 의대생 566명을 대상으로 진행한 설문조사 결과를 발표했다. 대학병원 외래에서 진료 시 의사가 환자에게 의대생이 참관한다는 사실을 설명한 경우는 27퍼센트에 불과했다. 이러한 현실은 병원에서 임상 실습을 받는 의대생에게도 부담이 되고 있다.

혹자는 진료 참관에 대한 동의를 구하면 국민 정서상 많은 환자가 참관을 거부할 것이고, 이는 의대생이나 수련의의 부실 교육으로 이어질 것이라고 우려한다. 그러나 수련병원의 존재 목적이 진료와 더불어 교육에도 있다는 점을 충분히 설명하고 이해를 구한다면 많은 국민이 의대생이나 수련의의 진료 참관에 동의해 줄 것으로 믿는다.

서울의 한 의과대학은 산부인과 임상 실습을 돕기 위해 실물 크기의 '아이 낳는 로봇'과 '신생아 로봇'을 도입했다. 그러나 로봇으로 임상 실습을 받은 의사에게 장차 후손의 출산을 맡길 수 없다는 건 의사나 환자나 같은 생각이 아닐까? 의학 교육과 환자의 인권이 모두 존중되는 임상 실습에 대한 사회적 합의가 필요한 시점이다.

인향만리

人香萬里

"어린 손자를 봐주고 있는데 감기를 앓고는 기저귀에서 나는 냄새조차 못 맡아 큰일 났어요."

진료실을 찾은 할머니의 하소연이었다. 코 내시경 검사 결과, 콧속에 종양이나 축농증 등 냄새 맡는 기능을 떨어뜨릴 만한 이상 소견은 보이지 않았다. 그런데 곧이어 시행한 후각 기능 검사 결과, 냄새 맡는 기능이 실제로 많이 떨어져 있었다.

"할머니, 맛은 느낄 수 있으세요?"

"며칠 전부터 맛도 잘 모르겠어. 입맛이 통 없어."

그동안 많이 불편하셨을 텐데, 할머니는 냄새를 못 맡아 손자 기저귀를 제때 갈아주지 못하면 어떡하나 걱정부터 하셨다.

코로 맡을 수 있는 온갖 기운을 '냄새'라고 한다. '향기'는 꽃, 향, 향수 따위에서 나는 좋은 느낌을 주는 냄새만을 말한다. 향기는 우리의 기분을 좋게 할 뿐만 아니라 치료 효과도 있다. 향기를 유발하는 미세 입자가 후각 신경을 거쳐 뇌의 변연계를 자극하면 인간의 감정을 조절하고, 스트레스를 줄이고, 호르몬 균형을 유지한다.

실제로 미국 버지니아대학의 최근 연구에 따르면, 암 병동 간호사들이 레몬, 오렌지, 라임 등에서 추출한 향기가 나는 오일 패치를 몸에 붙이고 근무했을 때 스트레스는 50퍼센트, 불안과 피로감은 40퍼센트 이상 줄었다고 한다. 최근 유럽에서는 약물 등 다른 치료에 효과가 없는 후각장애 환자들의 새로운 치료 모델로 향기 치료를 이용하고 있다. 자신이 좋아하는 향으로 코에 지속적인 자극을 주면 후각신경 뉴런이 더 효과적으로 재생되는 것으로 알려져 있다.

우리는 어떻게 냄새를 맡을 수 있을까? 우선 냄새를 유발하는 화합물이 콧속에 들어와 점액(콧물)에 녹은 후 코 천장의 '후열'이라는 곳에 전달된다. 여기에서 열쇠에 해당하는 냄새 분자가 자물쇠 역할을 하는 후각 수용체를 만날 때 발생하는 전기 신호가 뇌에 전달되면 특정 냄새를 인식하게 된다.

이러한 전달 과정에 이상이 생기면 후각장애가 발생한다.

축농증, 종양, 상기도 감염, 외상 등이 대표적 원인이다. 그중 가장 흔한 원인은 감기인데 코막힘 때문에 일시적으로 냄새 맡는 기능이 떨어지기 쉽다. 그러나 감기 증상이 좋아진 후에도 후각이 회복되지 않는다면 바이러스에 의한 후각 신경 손상을 의심해야 한다. 감기라고 쉽게 생각하면 큰코다칠 수 있다. 빠른 진단과 치료가 후각 기능의 회복에 매우 중요하다.

냄새를 제대로 맡을 수 있다는 것은 우리가 살아가는 데 있어 매우 중요하다. 냄새를 맡지 못하면 음식의 맛도 제대로 느낄 수 없고, 사물을 인지하는 능력도 떨어진다. 아울러 정서적으로도 불안정해져 삶의 질이 떨어지게 된다. 상한 음식에서 나는 냄새를 맡지 못하면 배탈이 날 수 있고, 탄내를 맡지 못하면 자칫 위험한 상황에 빠질 수도 있다.

후각은 특정 향기를 통해 과거의 기억을 불러오기도 한다. 프루스트의 소설 『잃어버린 시간을 찾아서』의 주인공 마르셀은 홍차에 적신 마들렌 과자의 향기를 맡고 어린 시절을 회상한다. 어떤 향기를 맡을 때면 떠오르는 그리운 추억이 누구나 있기 마련이다.

2017년 5월 18일 광주 망월동 국립 민주묘지에서 열린 제37주년 5·18민주화운동 기념식에서 아버지의 사망일과 자신의 생일이 같은 광주의 유가족을 대통령이 안아주는 모습을 보고 나는 눈물을 흘렸다. 그동안 애타게 그리워했던 따뜻한 '사람의 향기'를 맡을 수 있었기 때문이다.

"화향백리(花香百里), 주향천리(酒香千里), 인향만리(人香萬里)"라는 말이 있다. 아무리 좋은 꽃향기라도 백 리를 갈 리 없고, 천하일품의 술 향기라도 천 리를 갈 리 만무하다. 그러나 아름다운 사람의 향기는 만 리, 아니 그 이상 전해지는 것 같다. 사람의 향기는 마음에서 나온다는데 과연 나는 주위에 어떤 향을 풍기고 있을까? 삶 속에서 남들에게 '사람의 향기'를 느끼게 하는 그런 사람이 되면 좋겠다.

'쏘리웍스'

sorry works

20대 초반의 여성이 양쪽 목이 부었다며 외래 진료실을 찾아온 건 10년 전 봄이다. 임파선염이 의심되어 약물치료를 했지만 호전되지 않았다. 정확한 진단을 위해 초음파를 보면서 시행하는 조직검사를 의뢰했다. 그런데 검사를 받은 다음날부터 왼쪽 팔에 힘이 빠진다고 하더니 결국 팔을 완전히 들지 못하게 되었다. 검사 과정에 아무런 문제가 없었기에 무척 당황스러웠다.

"우리 딸, 선생님이 책임지세요!"

회진을 하러 가면 보호자는 분노하셨고, 환자는 그저 눈물만 뚝뚝 흘렸다. 주치의인 내가 할 수 있는 건 위로와 사과밖에 없었다.

"원인은 알 수 없지만, 고통을 드려 미안합니다."

그리고 호전이 될 때까지 끝까지 최선을 다하겠다고 약속했다. 환자만큼은 아닐지라도 의사에게도 밤에 잠을 이루기 어려울 정도로 힘든 시간이었다.

'의료 과오'와 '의료 사고'는 동의어가 아니다. '의료 과오'는 의학적 타당성이 결여된 잘못된 치료로 나쁜 결과에 이른 경우나 의사가 주의를 게을리해 환자에게 상해를 준 경우를 말한다. '의료 사고'는 의사의 과실 여부와 관계없이 치료 과정에서 환자에게 손상이 발생한 모든 경우를 말한다. 진단이나 치료 과정에서 어쩔 수 없이 발생하는 합병증은 의료 사고이다.

의술은 완벽하지 않다. 의사도 사람이기에 실수할 수 있음을 환자들도 잘 안다. 그러나 의료 사고가 발생했을 때 어떤 일이 벌어진 것인지, 앞으로의 대처는 어떻게 되는지 제대로 설명을 듣지 못하면 환자는 화가 폭발한다. 의사가 뭔가 숨기려 하는 태도까지 목격한다면 분노는 극에 달하게 된다.

의사들은 수련 과정에서 완벽함을 요구받는다. 그래서인지 체질적으로 자신의 실수를 인정하기 싫어한다. 또한 사과에도 인색하다. 사과는 자신의 실수를 인정하는 것이고, 의료 분쟁 시 수세에 몰릴 수 있다고 생각한다. 의사들이 '사과 결핍증'에 걸린 것 같다고 이야기하는 환자도 있다. 환자 앞에서 진솔하게 사과하는 법을 의과대학에서 배운 적도 없다.

1998년 미국의 더그 워체식은 사랑하는 형을 의료 사고로 잃는다. 병원 측의 실수가 명백함에도 의사로부터 사과는 물론이고 제대로 된 설명조차 듣지 못한다. 결국 병원 측과 지루한 소송을 벌였고 승소해 적지 않은 보상금을 받았다. 그렇지만 뭔가 잘못되었다는 생각이 들었다. 그들이 원했던 것은 보상이 아니라 의사의 진심 어린 사과, 무엇이 잘못되었는지에 대한 설명, 그리고 앞으로 같은 실수가 반복되지 않도록 하는 조치였기 때문이다.

의료 분쟁의 새로운 패러다임을 만들어 내는 NGO 형태의 '쏘리웍스(sorry works)'가 출범하게 된 배경이다. 더그 워체식은 의료 사고를 당했을 때 환자와 의사가 모두 윈-윈할 수 있는 '진실 말하기(disclosure)' 프로그램을 미국 전역으로 확산시켰다. 하버드, 스탠퍼드대학병원 등 미국의 많은 병원에서 이미 쏘리웍스 프로그램에 동참하고 있다.

쏘리웍스 프로그램의 핵심은 의료 사고 발생 시 의사 자신도 안타깝고 마음이 아프다는 공감과 유감의 표현을 먼저 하는 것이다. 아울러 치료 과정에 있었던 일에 대해 진실을 말하고 앞으로의 대처에 대해 자세히 설명한다. 그 이후 의사의 과실이 인정되면 진심 어린 사과를 신속하게 하고 적절한 보상을 한다. 미국에서는 환자와의 소통 과정에서 의사가 한 '유감', '사과' 등의 표현은 법적 책임에 대한 시인으로 보지 않는 '사과법(apology law)'까지 시행되고 있다.

실제로 미국 미시간대학병원의 경우 '진실 말하기' 프로그램을 도입한 후 의료 소송 건수, 연간 소송 비용, 소송 해결 시간을 모두 최소화할 수 있었다. 더 큰 소득은 병원이 얻은 신뢰다. 미시간대학병원이 의료 사고에서 실수가 없었다고 이야기하면 환자 측 변호사들마저도 그 말을 믿고, 소송을 해봐야 이길 수 없으리라 생각하기 시작했다는 것이다.

"First, Do no harm(환자에게 해를 끼치지 말라)."

히포크라테스 시대부터 전해 오는 의사의 사명이다. 그러나 아무리 좋은 뜻으로 치료에 임하더라도 의사의 실수 여부와 상관없이 나쁜 결과가 발생할 수 있다. 이처럼 어쩔 수 없이 발생하는 의료 사고로 환자와 의사, 그리고 우리 사회가 입을 수 있는 상처를 최소화할 수 있는 프로그램이 '쏘리웍스'다. 의료 분쟁이 점차 늘어나고 있는 우리나라도 도입을 서둘러야 하지 않을까?

팔을 들지 못하던 환자는 다행히도 6개월 이상 재활치료를 받고 회복되었다. 나는 팔 재활치료를 잘하는 재활의학과 '명의'를 전국에 수소문하고 의뢰했다. 재활치료를 받는 병원을 여러 번 찾아가 환자를 격려하기도 했다. 환자는 요즘도 가끔 진료실을 찾아온다. 그럴 때마다 양팔을 높이 들어 보이며 환하게 웃는다. 그럴 때면 나도 모르게 두 팔을 번쩍 들고 웃음으로 화답한다.

'엄마 손은 약손'의 비밀

어릴 적 방학을 애타게 기다린 가장 큰 이유는 시골 외가에 갈 수 있었기 때문이다. 외할머니는 오랜만에 찾아온 외손자를 위해 지극정성을 다하셨다. 그런데 이것저것 맛있는 음식을 너무 많이 먹어서인지 배가 살살 아플 때가 있었다. 그럴 때면 외할머니는 나지막한 목소리로 기도부터 하신 후, 외손자를 무릎에 누이셨다. 나를 늘 '김 박사'라고 부르셨던 외할머니는 주문 같은 것을 외시며, 볼록한 내 배를 둥글둥글 원을 그리며 '쓰담쓰담' 해주셨다. 마법의 주문은 바로 "할매 손은 약손, 우리 김 박사 배는 똥배"였다.

지금 기억에 외할머니의 손은 고목 껍질처럼 거칠긴 했지만 참 따뜻했다. 외할머니의 자장가를 들으며 나는 스르르 잠에 빠져들었고, 다음날 아침 눈을 뜨면 신기하게도 씻은 듯이 나아 있었다. “외할머니, 배가 안 아파요”라고 말씀드리려고 외할머니가 누워 계시던 옆자리를 더듬어보면 이미 예배당에 새벽 기도를 하러 가신 뒤였다.

이러한 “엄마 손은 약손”의 비밀은 무엇일까? 그동안 많은 사람들은 약효가 없는 약이라도 그 약을 쓰면 나을 것이라는 믿음 때문에 통증이 완화되는 플라세보(placebo) 효과라고 생각했다. 실제로 치유의 믿음이 있으면 뇌에서 엔도르핀(endorphin) 등을 분비해 통증 완화 효과도 내고 면역도 높아진다. “엄마 손은 약손”이 마사지 요법의 역할을 해 통증 유발 물질의 분비를 억제한다는 주장도 있다.

그런데 약손의 효과가 단순히 플라세보 효과가 아니라는 연구 결과가 발표되어 그 비밀이 밝혀질 날이 가까워졌음을 알렸다. 2012년 미국 샌프란시스코 캘리포니아대(UCSF) 연구진이 초파리 유충의 신경 다발 끝 수상돌기에 존재하는 ‘NOMPC’라는 단백질이 부드럽게 어루만지는 감각을 전달하는 매개체라고 『네이처』지에 발표한 것이다. 애벌레의 수상돌기에 붙어 있는 이 단백질을 떼어내고 부드러운 물질로 문지르자 아무 반응을 나타내지 않았지만 NOMPC 단백질을 이식하고 문지르자 애벌레는 '촉각을 인지하는 반응'을 보였다. '부드러운 자극을 전달하는 매개체'를 드디어 발견한 중요한 연구 결과로, 촉각에 의해 인간이 어떻게 기쁨과 편안함 같은 긍정적인 감정을 갖게 되는지에 대한 후속 연구에 활용되고 있다.

그러나 오늘날 병원에서 '의사의 약손'을 기대하기란 쉽지 않다. 환자가 배가 아프다고 호소하면 배를 어루만져 보기도 전에 CT나 MRI 등 각종 검사부터 시행한다. 환자들은 자신의 아픈 부위에 닿는 의사의 따뜻한 손길을 바라고 있는데, 정작 의사들의 손은 차가운 컴퓨터 자판만 연신 두드리고 있다.

회진 과정에서 '의사의 약손'을 기대하기도 힘들다. 늦은 저녁 시간의 회진은 말 그대로 '폭풍 회진'이다. 한 환자 단체의 조사를 보니 대형병원의 환자 한 명당 평균 회진 시간이 2분 미만이었다. 나 역시 이런 바쁜 회진 중 코를 수술한 환자가 복통 등 예상치 못한 다른 부위의 증상을 호소하면 난감해진다. 언제부터 어떻게 아픈지 묻고, 환자의 아픈 부위를 어루만져 보기도 전에 전공의 선생에게 소화기 내과 등 다른 과에 진료를 의뢰하라는 말만 던진 후 병실을 나오기 바빴다.

의학이 발전하면서 약손은 이제 우리가 어렵던 시절의 아련한 '치유의 추억'으로만 남아 있다. 그러나 그 약손이 가졌던, 치유를 향한 의학의 인간적 측면은 꼭 기억되어야 한다. 어릴 적 외할머니의 손이 '치유의 약손'이 될 수 있었던 것은 손자 걱정에 밤새 배에서 손을 떼지 못하시던 애틋한 마음이 그 주름진 손에 담겨 있었기 때문일 것이다.

"엄마 손은 약손"의 비밀은 바로 이 '애틋한 마음'에 있는 것이 아닐까?

의사의 인성

"그 녀석, 인성이 쓰레기야."

초등학생 딸의 말에 깜짝 놀랐다. 어떻게 저런 심한 말을 하나 싶어 꾸짖을 요량으로 자초지종을 물었다.

"아빠, 인성이 왜? 친구들이랑 많이 쓰는 말인데? 그 녀석 반에서 정말 말썽이거든."

친구들 사이에 '인성'이라는 말이 일종의 유행어인 모양이었다. 그래도 친구에게 쓰레기라 하면 안 된다고 주의를 주는데 문득 최근 읽은 기사가 떠올랐다.

보건복지부가 의사 국가고시에 '인성 면접'을 도입하는 방안에 긍정적인 견해라는 내용이었다. 대리 수술 등 일부 의사들의 비도덕적 행위로 인한 국민들의 불신을 해소하려는 방안이라고 했다. 의사인 것이 부끄러웠다.

의사에 대한 국민의 신뢰는 이처럼 추락하고 있음에도 의대 열풍은 식을 줄 모른다. 2019학년도 의대 수시모집 경쟁률은 무려 30대 1을 넘었다. 수능 시험이 끝나기가 무섭게 입시 전문기관에서 발표한 예상 합격선도 이과 계열 중 의과대학이 가장 높다. 우리나라의 미래를 생각하면 결코 반가운 일만은 아니지만, 성적이 우수한 학생들이 전국의 의·치대를 먼저 채운 다음 이공계에 지원하고 있다.

그런데 전국 성적 상위 1퍼센트에 든다는 의대생 중 일부가 보인, 동기생 성추행 사건 등 일탈 행위는 국민들에게 충격과 걱정을 안겼다. 우수한 학생들을 인성을 갖춘 의사로 키워내지 못한 채 의학 기술자만 양산하고 있는 의대 교수들의 책임이 크다. 아울러 장차 고귀한 생명을 돌보게 될 의대생을 제대로 된 인성 검증도 없이 성적순으로만 선발하는 것에 대한 비판 역시 꾸준히 제기되어 왔다.

그래서 지난 2013년부터 의대 입시에 도입된 제도가 '다중미니면접(Multiple Mini Interview, MMI)'이다. 일정 수준의 수학 능력을 가진 학생 중 장차 좋은 의사로 성장할 수 있는 인성과 역량을 가진 지원자를 선발하기 위한 심층 인성 면접이다. MMI는 10분 안팎의 짧은 인터뷰를 연쇄적으로 실시해 수험생의 인성과 적성을 다면적으로 살펴보고 평가한다. 수험생은 여러 개의 방을 옮겨 다니며 면접관 앞에서 인터뷰를 하게 되는데, 윤리성, 공감 능력, 소통 능력 등을 평가할 수 있는 문항이 제시된다. 다중미니면접을 통해 선발된 의대생이 그렇지 않은 의대생에 비해 공동체 의식 등이 더 좋다는 연구 결과도 있다. 2001년 캐나다 맥마스터대학교 의대에서 처음 시작한 후 세계 여러 나라로 확산되고 있다. 우리나라에서도 해마다 심층 인성 면접을 시행하는 대학이 늘고 있어 다행이다.

한발 더 나아가 병원의 의사 선발에도 인성 평가가 도입되고 있다. 성균관대 의대 최연호 학장은 지난 2018년 "인성 평가 점수가 부족하면 다른 성적이 1등이라도 부속병원의 수련의로 선발하지 않는 방안을 추진하고 있다"며 "인성이 훌륭한 학생이 입학해 '환자를 생각하는 의사'로 배출되는 풍토를 조성할 것"이라고 말했다.

'의학의 아버지'로 불린 히포크라테스는 의사는 '인간애'를 가진 사람이어야 하고, "인간에 대한 사랑이 있는 곳에 의술에 대한 사랑이 있다"고 했다. 의사의 인성을 중시하는 의료계의 새로운 노력이 의사와 환자와의 관계가 회복되는 결실로 나타나기를 바라는 마음 간절하다.

3부

혐오와 차별을 넘어

동물원에서 온 부고

우리 동물원에 슬픈 소식이 있어 어린이 여러분과 동물원 회원 여러분께 알려드립니다. 그동안 우리에게 많은 즐거움과 기쁨을 주었던 어미 리머(lemur, 여우원숭이)가 오늘 우리 곁을 영원히 떠났습니다. 엄마를 잃어 슬퍼하고 있는 새끼 리머 두 마리에게 많은 사랑을 보내주시면 고맙겠습니다.

평생 처음 받아 보는 동물 부고장이었다. 부고장을 보낸 상주(喪主)는 새끼 리머가 아니라 듀크대학이 있는 미국 노스캐롤라이나 더럼(Durham)이라는 작은 도시의 과학관이자 동물원인 'Life and science museum'이었다.

2016년 3월부터 일 년간 미국 노스캐롤라이나대학병원 이비인후과로 국외 연수를 다녀왔다. 우리 가족이 머물던 채플힐(Chapel hill)이라는 작은 도시와 더럼의 동물원이 그리 멀지 않아 주말이면 아이들과 함께 찾아가 즐거운 시간을 보내곤 했다.

리머는 아프리카 마다가스카르 섬에만 사는 멸종위기종 원숭이이다. 영화 〈마다가스카르〉에 등장하면서 많이 알려졌다. 전체 개체 수가 2천 마리에 지나지 않는 세계적 희귀종이다. 얼굴은 하얗고 눈과 코, 입 주위는 검은색을 띠고 있는 것이 특징이다. 화려한 꼬리는 동료들에게 신호를 보낼 때 사용한다. 나무 위에서 주로 생활하지만 서서히 지상에서의 생활로 전환하려는 원숭이로 알려져 있다.

이 생물의 진화 역사는 예전부터 수수께끼였다. 학자들의 연구에 따르면, 5~6천만 년 전부터 지구상에 생존해 왔다고 한다. 또, 리머는 식물 뗏목을 타고 마다가스카르 섬에서 아메리카 대륙으로 이동했을 가능성이 있다고 한다. 참으로 영리한 동물이 아닐 수 없다.

듀크대학의 리머센터는 1966년에 설립되었다. 이후 여우원숭이 등 원원류(prosimians, 원시적인 원숭이)를 위한 세계 최대의 보호소 역할을 하고 있다. 여우원숭이를 이용한 각종 연구도 활발하다. 최근에는 원숭이 뇌에서 선행(善行) 세포 격인 '이타심 세포'를 발견해 화제를 모으기도 했다. 이 동물원의 리머도 듀크대학에서 지역의 어린이들을 위해 기증하고 관리해 오고 있었다.

한 주 전 동물원에 갔을 때 리머가 살고 있는 넓은 공간에 커다란 칸막이가 쳐져 있었다. 불도 꺼져 리머가 사는 우리 안이 깜깜했다. 귀여운 리머를 보러 왔던 아이들이 크게 실망한 눈빛이었다. 입구에 붙어 있는 안내문을 읽어보니 어미 리머가 많이 아파서 절대 안정을 취하기 위한 조치라며 어린이들에게 양해를 구하고 있었다. 리머가 건강을 회복할 수 있도록 기도를 부탁하는 것도 잊지 않았다. 그러나 며칠 뒤 어미 리머는 하늘나라로 떠나고 말았다. 향년 35세, 여우원숭이로는 장수했기에 엄밀하게 말하면 호상(好喪) 이었다.

무엇보다도 동물 한 마리가 죽었다고 동물원을 이용하던 어린이들과 동물원 회원들에게 슬픈 소식을 전하는 그 마음이 참 아름다웠다. 특히 리머를 사랑했던 어린이들에 대한 배려가 느껴졌다. 그 동물이 희귀종이고 멸종 위기에 처했기 때문만은 아니었을 것이다. 처음 동물원을 둘러보며 동물 개체 수는 적지만 동물들이 활동할 수 있는 공간이 매우 넓다는 것에 놀랐다. 동물들의 생태에 대한 깊은 고민이 동물원 곳곳에서 느껴졌다.

대구 달성공원의 동물들 생각이 났다. 동물 감옥이라 할 만큼 좁은 우리에 많은 개체가 갇혀 있어 감염병으로 폐사하는 경우가 많고 스트레스로 인해 동물들의 움직임 또한 정상이 아니라는 신문 기사를 읽은 기억이 났다. 안타까운 마음이 들었다.

동물원을 없애자고 주장하는 의견도 있다. 공감이 가는 부분도 많다. 그러나 자라나는 아이들에게는 동물원이 정서적으로 긍정적인 역할을 하는 것도 사실이다. 따라서 동물원을 존치한다면 동물을 가둬 놓고 전시하는 수준을 이제는 벗어나야 한다. 동물의 삶, 움직임, 생활 조건 등을 고려해 동물 친화적인 공간으로 탈바꿈해야 한다. 달성공원의 동물원이 대구대공원으로 이전한다고 들었다. 늦었지만 다행한 일이다. 얼마나 다양하고 많은 동물을 좁은 공간에 전시할지를 고민할 것이 아니라 생태친화적이며 동물 복지가 제대로 실현된 동물원으로 만들기 위해 노력하길 바라는 마음 간절하다.

리머의 슬픈 소식을 들은 다음 날이 주말이라 아이들과 함께 리머가 살고 있는 동물원을 찾아갔었다. 부고장을 받고 문상을 가지 않는 것은 동방예의지국에서 온 사람들의 예의가 아니기도 하고, 아이들이 어미를 잃은 새끼 리머를 너무 걱정했기 때문이다. 엄마를 떠나보낸 어린 리머 두 마리가 한 마리로 보일 만큼 몸을 딱 붙이고 머리를 서로의 몸에 파묻고 있었다. 많은 아이들이 새끼 리머 두 마리에게 힘내라고 응원을 보내주었다. 그 소리를 들었는지 천천히 고개를 들어 아이들 쪽을 바라보는 새끼 리머의 눈에 슬픔이 가득해 보였다. 이런 아이들의 사랑과 동물원의 배려가 있기에 어미를 잃은 슬픔을 곧 이겨낼 것 같았다.

"힘내라, 리머야."

오클라호마 메모리얼과 세월호 추모 공원

오클라호마 주는 미국 중남부 로키산맥의 그늘에 해당하는 대평원에 자리 잡고 있다. 미국 대륙의 원주민이었던 체로키 인디언 등이 1838년 미합중국의 강제 이주령에 따라 '눈물의 행로(The trial of tears)'를 거쳐 도착한 '슬픔의 땅'이기도 하다.

오클라호마는 지난 1995년 큰 슬픔을 당했다. 9·11 테러 이전까지 미국에서 일어난 최대의 참사로 꼽히는 폭탄 테러가 발생한 것이다. 사교집단의 광신도이자 반정부주의자인 티머시 맥베이가 1995년 4월 19일 오전 9시경 오클라호마 주 연방정부 청사 앞에 주차된 트럭에 실린 2킬로그램이 넘는 폭탄을 터뜨렸다. 무려 168명이 사망하고 600명 이상이 부상을 당했다.

테러 현장에서 소방관이 어린 소녀를 구조해 안고 나오던 사진은 전 세계 사람들이 눈물을 흘리게 만들었다. 안타깝게도 그 어린 소녀는 결국 목숨을 잃고 말았다. 희생자 대부분은 막 출근한 공무원, 무고한 시민, 그리고 연방 청사 부속 어린이집에 막 등원한 어린이들이었다.

내가 머물던 노스캐롤라이나에서 1,900킬로미터나 떨어진 오클라호마 시티를 찾아간 이유는 참상을 기억하기 위해 만든 '오클라호마 메모리얼 뮤지엄'을 둘러보고 싶어서였다. 차에서 내리자 뮤지엄 맞은편의 동상이 먼저 눈에 들어왔다. 가까이 가서 보니 예수님 상이었다. 그런데 청사 건물 쪽을 바라보지 못한 채 돌아서서 눈물을 흘리는 형상이었다. 테러의 현장이 너무나 참혹해 예수님도 차마 볼 수 없었던 것이다.

뮤지엄 쪽으로 걸어가니 폭발의 충격으로 절반 이상 무너져 내린 연방정부 청사가 보였다. 오클라호마 주는 반파된 연방정부 건물을 허물지 않았다. 오히려 남은 건물을 안전하게 재건한 다음, 참사를 기억할 수 있는 박물관으로 만들었다. 박물관 주변은 메모리얼 공원으로 잘 조성되어 있었다. 희생자들을 추모하고 다시는 이런 비극이 발생하는 것을 막고자 하는 의지가 느껴졌다. 휴가철인 한여름에 방문했음에도 많은 시민들과 관광객들이 추모 공원에서 희생자들을 기리며 뜻깊은 시간을 보내고 있었다.

보존된 청사 건물에 차려진 박물관에는 테러의 모의 과정, 테러범의 체포와 형 집행 상황 등이 자세히 정리되어 있었고, 소방관들의 헌신적인 구조 활동, 시민들의 자발적인 봉사 활동 모습 등도 전시되어 '산 교육장'으로 활용되고 있었다.

박물관 맞은편 메모리얼 공원에는 두 개의 커다란 청동 문이 있고 그 사이에는 얕은 연못이 있었다. 한쪽 청동 문에는 9:01, 반대쪽 문에는 9:03이라는 시간이 새겨져 있었다. 폭발이 일어난 9시 2분을 기준으로 과거와 미래를 연결한다는 뜻이었다. 잔디밭에는 사망자의 숫자와 같은 168개의 빈 의자가 놓여 있었다. 유난히 작은 의자들도 적지 않았는데 희생된 어린이들을 기억하기 위한 의자였다. 억울하게 희생된 아이들의 이름도 새겨져 있었다. 의자 위에는 자그마한 추모의 꽃이 놓여 있었다.

오클라호마 주 정부는 메모리얼 조성 계획을 치밀하게 세우고 공모를 통해 세계적인 전문가에게 추모 공원 설계를 맡겼다. 그리고 많은 예산을 투입해 '슬픔의 공간'을 '기억의 공간'으로 훌륭하게 변모시켰다. 그날을 기억하지 못하는 후세

대들도 메모리얼 뮤지엄에서 테러의 위협에 대한 경각심을 갖기에 부족함이 없었고 전 세계가 함께 대처해야 한다는 교훈도 스스로 학습할 수 있었다.

오클라호마 메모리얼 뮤지엄을 향해 가는 내내 세월호 참사로 희생된 아이들을 생각했다. 이제는 별이 된 아이들을 기억하는 공간을 어떻게 조성하면 좋을지 고민하며 메모리얼 뮤지엄 구석구석을 자세하게 둘러보았다. 우여곡절 끝에 안산 화랑유원지 내에 세월호 추모 공원을 설치하기로 결정했지만 일부 주민들이 혐오시설이 들어온다며 다른 목소리를 내고 있다는 소식을 듣고 안타까웠다.

역사로부터 교훈을 얻지 못한다면 비극은 반복될 수밖에 없다. 현장은 그 역사의 중심이고 역사의 교훈은 그 현장에서 가장 크게 얻을 수 있다. 세월호 참사를 기억하기 위한 추모 공원은 당연히 역사의 현장에 조성되어야 한다. 진도 앞바다가 참사의 현장이지만, 온 국민이 찾아와 눈물을 흘렸던 역사의 현장이면서 접근성도 좋은 안산 화랑유원지가 더 적합할 수 있다.

세월호 추모 공원이 기억과 추모, 그리고 교육과 문화가 함께 어우러질 수 있는 공간으로 조성된다면 안산 시민은 물론이고 국내외 많은 사람들이 찾을 것이다. 안산시는 오클라호마 메모리얼 뮤지엄, 독일 베를린 홀로코스트 메모리얼 등 세계적인 추모 공원을 벤치마킹할 필요가 있다.

"I am sorry that you are not here."

희생자들의 사진과 꽃 등이 붙어 있는 오클라호마 메모리얼 뮤지엄 입구 담벼락에 붙어 있던 손편지에서 읽은 글귀다. 2014년 4월 16일을 살았던 기성세대의 한 사람으로 250명의 아이들이 지금 우리 곁에 없는 것에 대해 평생 미안한 마음으로 살아갈 수밖에 없다. 그 미안한 마음을 조금이나마 줄일 수 있는 방법은 아이들이 원하는 '안전한 대한민국'을 만드는 일이다. 세월호 추모 공원이 훌륭하게 조성되어 우리 아이들을 기억하고 추모하는 공간이자 안전한 대한민국을 만드는 산 교육장이 될 수 있기를 기대한다.

* 세월호 추모공원은 '416생명안전공원'이라는 이름으로 안산 화랑유원지에 건립되며 2022년 완공 예정이다.

폭염과 건강 불평등

"2층 구석방 송 씨, 어제 죽었어. 복지관에서 쌀을 가져와 올라갔는데 인기척이 없어 문을 열어보니 그만…."

2018년 7월 말 달성공원 인근의 한 쪽방에 들렀을 때 이웃 아주머니가 전해준 말이다.

"지난주에 왔을 때 아저씨가 김치를 좀 구해 달라고 하셨어요. 방에 냉장고도 없는데 괜찮겠냐 했더니 김치는 상해도 볶아 먹으면 된다고 하셔서 오늘 구해 왔는데…."

쪽방상담소 직원은 더 말을 잇지 못했다. 창문도 없는 한 평 남짓한 쪽방에서 더운 바람이 나오는 선풍기 한 대에 의지해 찜통더위와 맞서던 아저씨가 사망한 날 대구의 한낮 수은주는

38℃였다.

폭염은 '소리 없는 살인자'로 불린다. 노인, 노숙자, 저소득층 등 우리 사회에서 눈에 잘 띄지 않는 취약 계층이 폭염에 '조용히' 죽어가기 때문이다. 쪽방같이 환기가 잘 안 되는 좁은 공간에서 고온의 환경에 장시간 노출되면 신체의 방어 기제가 무너져 온열 질환이 발생할 수 있다. 어지럼증과 두통 등 일사병 초기 증상이 나타나면 그늘이나 에어컨이 가동되는 서늘한 곳으로 이동하고, 젖은 수건 등으로 체온을 떨어뜨려야 생명을 위협하는 열사병으로의 진행을 막을 수 있다. 하지만 한증막 같은 좁은 방에서 냉방 장치도 없이 버텨야 하고 몸의 이상이 느껴져도 도움을 요청하기 힘든 쪽방촌 주민들에게 적절한 응급처치는 결코 쉽지 않다. 부실한 식사로 인한 영양 결핍은 쪽방촌 주민들을 폭염에 더 취약하게 만들고 있다.

전국의 병원 응급실에 내원하는 온열 질환자가 급증하자 대한예방의학회와 한국역학회는 2018년 8월 '폭염 공동성명'을 내고 당시의 폭염을 38명이 숨진 2015년 중동호흡기증후군(MERS, 메르스) 유행과 같은 '공중 보건 위기'로 규정했다. 온열 질환으로 집계되지는 않았지만 폭염으로 인해 고혈압, 심장병, 뇌졸중 같은 기존 질환이 악화되어 사망한 사람 또한 수천 명에 이를 것으로 예상했다. 아울러 살인적인 폭염의 피해가 쪽방에 사는 독거 노인, 실외에서 장시간 일하는 하청 노동자, 거동이 불편한 장애인같이 사회·경제적 취약 계층에 집중적으로 발생하는 우리 사회 '건강 불평등'의 문제를 지적하며 정부의 긴급 대응을 촉구했다.

2018년 여름의 살인적인 폭염으로 인한 온열 질환자만 8월까지 3,800명을 넘어섰고, 사망자도 47명에 달했다. 온열 질환 감시 체계에 잡히지 않는 건강 피해까지 고려하면 피해는 훨씬 더 컸으리라 예상된다. 폭염으로 인한 감염성 질환, 알레르기 질환, 정신질환 등의 발병 증가와 증상 악화와 같은 피해는 제대로 파악조차 못 했다.

당시 폭염 기간에 온열 질환으로 내원한 환자의 분포를 자세히 분석해보니, 우려했던 대로 저소득층인 의료급여 수급권자의 온열 질환 발병률이 건강보험 가입자보다 네 배나 높았다. 서울지역에 처음 발생한 온열 질환 사망자 세 명 중 두 명도 극빈층이었다. 폭염은 자연 재난이지만 이처럼 폭염으로 인한 건강과 생명의 피해는 취약 계층에 집중되기에 사회적 재난이기도 하다. 누군가에게는 폭염이 더운 날씨일 뿐이지만 누군가에게는 생사의 문제가 된다.

폭염이 불평등 재난이라는 사실은 이미 사회학, 보건학의 관점에서 그동안 진행된 여러 연구를 통해 입증되었다. 서울대 보건대학원 김호 교수팀이 2009년부터 2012년까지 서울의 전체 사망자 33,544명을 대상으로 폭염이 사망에 미친 영향을 분석한 결과 소득 수준이 낮은 지역에 사는 주민이 그렇지 않은 지역에 사는 주민보다 폭염으로 인해 숨질 위험이 19.4퍼센트 높았다. 40℃를 넘는 폭염으로 무려 700명 이상 사망한 1995년 시카고 폭염에 대한 미국 질병예방센터의 '사회적 부검' 결과, 냉방 시설 없이 도심에서 빈곤하게 고립된 채 살아가던 취약 계층의 사망률이 일반인의 세 배를 넘었다.

양호한 건강 상태에 도달하고 그것을 유지하기 위하여 국가가 제공할 책임이 있는 다양한 시설과 환경을 이용할 권리가 '건강권'이다. 건강권은 국민 누구나 누려야 하는 기본권이다.

> 모든 사람은 음식, 옷, 집, 의료, 필수적 사회 서비스 등 자신과 가족의 건강과 안녕에 적합한 생활 수준을 누릴 권리를 가진다.

세계인권선언에서도 건강권의 중요성을 강조하고 있다. 취약 계층의 건강 수준은 그 국가의 인권 수준을 반영하는 잣대로 여겨지고 있는데, 반복되는 폭염 속에서 우리 사회의 가난하고 소외된 이웃들은 건강권을 제대로 누릴 수 있었을까? 국가와 지방 정부는 과연 제 역할을 했는지 묻지 않을 수 없다.

폭염과 같은 비상 재난 상황에서는 무엇보다도 먼저 취약 계층의 건강권 보장에 초점을 맞추는 것이 건강에 대한 '인권적 접근'이다. 건강권에 대한 보편적 접근은 취약 계층과 일반 국민 사이에 이미 존재하는 불평등을 오히려 더 확대시킬 가능성이 있기 때문이다. 건강권이 부유한 자에게는 있고 가난한 자에게는 없다면 우리 사회는 '인권 사회'라 할 수 없다. "건강이 이제는 갈구하기만 하는 축복이 아니라 싸워서 얻는 인권으로 여겨지는 날이 오기를 간절히 바란다." 전 유엔 사무총장 코피 아난의 말이 시사하는 바가 크다.

폭염은 시간이 지나면 물러가지만, 우리 사회 취약 계층의 건강권을 위협하는 많은 '건강 불평등'의 문제는 그대로 남는다. 무분별한 환경 파괴로 인한 기후변화는 단시간에 해결될 문제가 아니기에 폭염은 매해 반복될 것이라는 우려스러운 예측이 많다. 따라서 국가와 지방 정부는 폭염으로 인한 건강 불평등을 해소하고 취약 계층의 건강권을 보장하기 위한 체계적이고 장기적인 대책을 서둘러 세워야 한다.

열악한 주거 환경의 개선이 근본적인 해결책이 되겠지만 우선 혹서기 1~2개월 동안이라도 폭염을 피해 24시간 거주할 수 있는 독립된 공간을 쪽방촌과 같은 취약 계층 주거 지역 인근에 마련해야 한다. 취약 계층의 특성이나 이동 가능한 거리에 대한 배려 없이 경로당, 행정기관 등에 일방적으로 지정해 놓은 '무더위 쉼터'는 무용지물일 뿐이다.

아울러 혹서기 동안 취약 계층 주민들의 사회적 고립을 막아야 한다. 2018년 7월부터 의과대학, 간호대학 학생들과 함께 일주일에 두 번 대구지역 쪽방촌 주민들을 직접 방문하는 '폭염시기 쪽방 재가 방문' 활동을 매년 벌이고 있다. 영양제, 얼음 생수, 선풍기, 라면 등 쪽방상담소에 답지한 후원 물품을 나눠 드리고 주민들의 건강 상태를 확인한다. 실제로 온열 질환이 의심되어, 쪽방 주민의 건강을 돌보는 희망진료소나 대구의료원으로 이송해야 하는 주민도 가끔 있다.

폭염 시기 우리 사회 취약 계층을 보살피는 일에 대구시는 충분한 인력과 예산을 투입해야 한다. 폭염도 자연 재난에 포함해 국가 차원에서 정책적으로 지원하는 것이 궁극적인 대책이 될 수도 있다.

폭염으로 인한 대참사를 겪은 시카고에 4년 뒤 다시 폭염이 닥쳤다. 그러나 시 당국의 신속한 대처로 인명 피해를 현저히 줄일 수 있었다. 미리 세워 놓은 '비상기후전략'에 따라 폭염 중앙통제센터가 폭염에 대응하는 지휘부 역할을 맡았다. 시카고 시내 65곳에 24시간 에어컨이 작동하는 쿨링센터를 열고 거동이 불편한 취약 계층 주민들을 무료버스로 이동시켰다. 취약 계층이 거주하는 집을 일일이 방문해 건강 상태를 확인했는데 그 수가 무려 3만여 명을 넘었다. 폭염을 사회적 재난으로 인식하고 체계적으로 대응한 시카고 시 당국의 노력은 교훈으로 삼을 만하다.

아저씨의 슬픈 소식을 듣고 마음 아파하며 쪽방을 나서는데, 얼음 생수를 전해 드렸던 맞은편 쪽방의 문틈에서 작은 목소리가 들려 왔다.

"더운데 고마워. 다음 주에도 꼭 올 거지?"

이주노동자의 건강권

"선생님, 피 검사 많이 아파요? 무서워요."

덩치 큰 네팔 이주노동자가 혈액 검사를 위해 팔을 걷으며 어눌한 우리말로 엄살을 떤다. 그 모습을 바라보던 캄보디아, 스리랑카 이주노동자들이 웃음을 터뜨린다. 건강검진이 있는 날이면 경산이주노동자센터 안에 있는 무료진료소에서 흔히 볼 수 있는 풍경이다.

경산시 보건소는 2009년부터 분기마다 이주노동자들을 찾아와 건강검진을 한다. 건강보험이 없는 미등록 이주노동자까지 대상에 포함해 무료로 건강검진을 해주고 있어 늘 고마운 마음이다.

검진이 있는 날은 무료진료소도 한 시간 일찍 문을 연다. 소문을 듣고 많은 이주노동자가 찾아오기 때문이다. 오후 2시가 되면 검진을 받기 위해 찾아온 이주노동자들이 긴 줄을 선다. 한국말이 유창한 네팔과 파키스탄 이주노동자 두 분이 접수를 돕는다. 건물 밖에 세워둔 보건소 검진용 버스에서는 흉부 영상 촬영이 진행되고, 진료소 안에서는 혈액 검사와 소변 검사를 한다. 아픈 곳이 있는 이주노동자는 무료진료소에 들러 진찰도 받고 약도 받아 간다.

건강검진 결과는 일주일 후에 보건소에서 이주노동자센터로 보내준다. 시간이 될 때 진료소에 나오면 진료의사로부터 결과를 들을 수 있다. 추가적인 검사나 치료가 필요하다고 판단되면 진료소에서 미리 협조를 요청해 둔 인근 병원으로 의뢰를 해준다. 한국말이 서툴러 의사소통에 문제가 있으면 이주노동자센터에서 자원봉사자가 동행하기도 한다.

대경인의협은 이주노동자들의 건강을 지키기 위해 2007년부터 경산이주노동자센터에 무료진료소를 열었다. 성서공단 지역에서는 2003년부터 매주 수요일 저녁에 이주노동자 무료진료소를 운영해 오고 있다. 경산 진료소에서는 자원봉사를 희망하는 의사들이 순번을 정해 매주 일요일 오후 3시부터 2시간 동안 진료를 한다. 진료소 문을 노크하는 이주노동자들은 대부분 대구 인근의 공단에서 3D 업종에 종사한다. 장시간 중노동에 시달리다 보니 근·골격계 질환 등으로 고생하는 경우가 많다. 언제 들이닥칠지 모르는 불법 체류자 단속에 대한 공포 때문에 마음의 병을 앓고 있는 이주노동자도 적지 않다. 이렇게 몸과 마음이 아파도 평일에는 잔업과 철야 근무 때문에 병원에 가기 어렵다. 거기다가 건강보험이 없는 미등록 이주노동자들은 엄청나게 비싼 치료비를 부담하기 때문에 어지간히 아파서는 그냥 버틴다.

2012년 성서공단 노조가 이주노동자 237명을 대상으로 실태 조사를 한 결과, 최근 1년간 아파도 병원에 가지 못한 이주노동자가 무려 33퍼센트에 달했다. 병원에 가지 못한 주된 이유로는 병원에 갈 시간이 없고, 비싼 병원비가 부담스럽다는 답이 가장 많았다. 또 최근 2년간 건강검진을 받은 이주노동자는 43퍼센트에 불과했다.

보건복지부는 2005년부터 지방자치단체와 함께 '외국인 주민 등 소외 계층 의료서비스 지원 사업'을 시행하고 있다. 이 사업 덕분에 미등록 이주노동자가 대구의료원 등 지정된 기관에서 수술을 받거나 외래 진료를 받으면 치료비와 수술비의 일부가 지원된다. 하지만 책정된 예산 자체가 너무 적어 해마다 6~9월 사이에 고갈이 되는 것이 문제다.

"선생님, 이주노동자가 수술을 받아야 하는데 대구의료원에서 도와주기 힘들다고 해요. 어떡해요."

해마다 가을쯤이 되면 이주노동자들을 돕는 여러 단체로부터 이런 연락을 많이 받는다. 그때부터는 알음알음으로 이 병원 저 병원에 연락해 도움을 청해야 한다.

지난해 가을 20대 파키스탄 노동자 한 명이 경산 무료진료소로 찾아왔다. 왼쪽 새끼손가락이 엄지손가락 두 배 정도로 부어 있었다. 극심한 통증을 호소했고 손가락을 잘 움직이지도 못했다. 상주에 있는 농장에서 일했는데 얼마 전 수확한 당근을 망에 담는 작업 중 절단기에 손가락이 끼여 다쳤다고 했다. 우선 진료소에 있는 항생제와 소염제 등을 처방하고 수술이 가능한 병원을 알아봤다. 대구의료원은 힘들어 대구 시내 몇 군데 정형외과 전문 병원에 손가락 사진을 보내고 도움을 요청했다. 대부분 500만 원 이상의 치료비를 요구했다. 그러나 이 파키스탄 노동자는 한국에 온 지 아직 얼마 되지 않아 모아 놓은 돈이 거의 없었다.

"선생님, 매번 이렇게 부탁만 드려 죄송합니다. 어떻게 안 되겠습니까?"

부산에서 외과·정형외과 전문 병원을 운영하며 인의협 활동도 하시는 정운용 선생님께 또 연락했다.

"마, 치료비는 나중에 생각하고 손가락이 매우 안 좋아 보이니까 빨리 우리 병원으로 보내이소."

곁에 있는 정형외과 선생님과 내가 전송한 손가락 사진을 놓고 응급 수술을 상의하는 목소리도 이미 수화기로 들을 수 있었다. 눈물이 날 정도로 고마웠다.

통역을 위해 파키스탄 친구 한 명을 급하게 불렀다. 두 사람을 내 차에 태우고 곧장 부산으로 내달렸다. 그날 밤에 응급 수술을 받았다. 수술 후에도 상당 기간 입원한 상태에서 소독을 받아야 했다. 일주일이 지나자 고름이 가득했던 손가락에 새 살이 돋아나고 움직일 수 있게 되었다. 퇴원하고 소독은 대구에서 받기로 했다. 건강보험도 없는 미등록 이주노동자가 응급 수술에다 한 주 이상 입원까지 했는데 치료비를 70만 원만 받았다. 치료에 들어간 재료비와 약값도 제대로 받지 않은 것이다. 나중에 돈을 벌면 갚겠다는 약속을 받고 파키스탄 노동자 대신 치료비를 정산하고 나왔다.

선생님께 너무 고마웠다. 5년 전에도 불법 체류자 단속을 피해 3층에서 뛰어내리다 허리를 다쳐 진료소를 찾아온 캄보디아 이주노동자를 받아주셨고 2개월 이상 재활 치료도 해주셨다. 그 캄보디아 노동자는 늘 선생님에게 고마워한다. 이 젊은 파키스탄 노동자도 손가락을 살려 준 병원에 오래오래 고마운 마음을 간직할 것이다.

"대구에서 미등록 이주노동자가 아프려면 가을이 되기 전에 아파야 한다." 대구에서 이주노동자들을 돕는 사람이라면 무슨 말인지 다 안다. 배정된 예산이 너무나 적기 때문이다. 정부와 지자체는 미등록 이주노동자 등 소외 계층에 대한 의료비 지원 예산을 대폭 늘려야 한다. 그들이 아플 때 치료를 받을 수 있는 의료기관 또한 확대해야 한다.

근본적으로, 이주노동자들에게 일터 선택의 자유를 보장하지 않고 그들의 의료 서비스 접근마저 어렵게 하는 고용허가제는 폐지되어야 한다. 단기간 내에 제도의 폐지가 어렵다면 이 제도 때문에 불법 체류자로 내몰린 미등록 이주노동자도 건강보험 체계 안으로 들어오는 방안을 고민해야 한다. 병들었을 때 치료 받을 수 있는 권리인 '건강권'은 내국인과 이주민, 합법과 불법을 떠나 누구나 보장받아야 하는 인류의 보편적 권리이기 때문이다.

죽음을 준비하는 삶

어릴 적 어머니를 따라 서문시장에 가는 일은 기쁨과 두려움을 동시에 갖게 했다. 좋아하는 꿀떡을 얻어먹는 일은 기뻤지만, 시장 맞은편 병원이 눈에 들어오는 것은 두려운 일이었다. 구체적으로 말하면 병원 영안실이 무서웠다. 그 두려움은 외할아버지께서 그 병원에서 말기 암으로 투병하다 돌아가시는 모습을 본 뒤 생겨났다. 그때 시작된, 병원 근처를 지날 때 눈을 감는 습관은 그 이후에도 꽤 오래갔다. 이것이 나의 첫 번째 '죽음과의 만남'이었지만 나에게 죽음에 관해 설명을 해주는 사람은 아무도 없었다.

내가 두 번째 죽음을 만난 곳은 그로부터 20년이 지난 어느 날 의과대학 해부학 실습실이었다. 포르말린 소독약 냄새가 가득한 해부 실습실의 차가운 해부용 테이블 위에는 의대생들을 위해 자신의 몸을 기증한 분들의 주검이 있었다. 두려움 같은 건 느낄 겨를이 없었다. 해부한 시신의 구석구석을 관찰하며, 외우고 또 외워야 했다. 유급하지 않기 위해서, 의사가 되기 위해서….

그러나 해부학 실습을 마치고 가진 '시신 기증인 합동 추모식'에서는 잊고 있었던 죽음을 떠올리게 되었다. 우리가 해부했던 차돌같이 굳어 있던 주검은 단란했던 한 가족의 아버지였고, 갑자기 세상을 떠나 부모님의 가슴에 묻힌 씩씩한 아들이었다. 유가족들과의 만남에서 나는 아무 말도 건네지 못했다. 무슨 말을 해야 할지 몰라 그저 고개만 숙이고 있었다. 생각해보니 의과대학 6년 동안 죽음에 대해 배운 기억이 거의 없었다.

죽음에 대한 진정한 고민은 주치의를 맡은 환자가 죽어가는 모습을 곁에서 지켜보면서 시작되었다. 수술, 항암 치료, 방사선 치료…. 현대의학이 할 수 있는 모든 방법을 다 동원했지만 살릴 수 없는 환자도 있었다. 이런 상황이 되면 환자가 가장 고통스럽지만 의사도 무력감을 느낀다. 환자에게 아무것도 더 해줄 수 없다는 말을 하는 건 의사로서 가장 큰 고통이다.

더 힘든 일은 임종을 앞둔 환자를 매일 대해야 하는 일이다. 회진을 돌 때 그 병실 앞에만 서면 발걸음이 무겁다. 손은 꼭 잡아 드렸지만, 내 입에서 나오는 말은 매우 형식적이었고 매일매일 거의 똑같았다. 차라리 호스피스 병동의 자원봉사자들이 의사보다 훨씬 낫다는 생각이 들기도 했다. 생각을 더듬어보니 의사가 되기 위한 수련기간에도 임종을 앞둔 환자를 어떻게 대해야 하는지 교육받은 기억이 거의 없었다.

죽음에 대해 배운 적도 없지만, "내가 죽는다는 건 어떤 것일까?"라고 자신의 죽음에 대해 스스로에게 물어본 적도 별로 없었다. 병원에서 늘 죽음을 접하면서도 말이다. 죽음에 대한 물음이 없었다는 것은 곧 삶에 대한 진지한 물음 또한 없었다는 뜻이 아닐까? 죽음에 대한 물음이 있어야 그 답이 있는 자리에서 삶에 대한 물음이 시작되기 때문이다.

죽음은 삶 '밖'에 있는 것이 아니라 삶 '속'에 있는 삶의 현실입니다. 죽음은 '삶이 도달한 마지막 삶'입니다. 우리는 출생과 더불어 이미 죽음을 잉태하고 있는지도 모릅니다. 삶의 과정은 결국 죽음을 해산(解産)하기 위한 죽음 회임(懷妊)의 기간이라고 말할 수도 있습니다.

종교학자인 정진홍 서울대 명예교수가 그의 저서 『만남, 죽음과의 만남』에서 "죽음은 삶이 도달한 마지막 삶"이라고 말하는 대목에서 고개가 끄덕여졌다. 사람들은 자신이 언젠가 죽는다는 사실을 잘 알면서도 다가올 자신의 죽음에 대해 잘 묻지 않는다. 그저 죽음과 멀리 있고 싶어 한다. 장례식장에 조문하러 갈 때 잠시 죽음을 생각하지만, 나오면서 기억에서 지워버린다. 이처럼 자기 죽음에 대한 질문이 없이 살아가다, 죽음에 대한 준비가 거의 없는 상태에서 자신의 죽음이 닥쳐오면 어쩔 줄을 모른다. 그제야 철학이나 종교를 찾는다. 그러나 철학이나 종교가 마련해 둔 죽음에 대한 해답이 나의 죽음에 대한 해답이 될 수는 없다.

이제는 죽음을 준비하는 삶을 살아야 한다. 죽음은 여유를 갖고 찾아오지 않기 때문이다. 죽음의 주체는 바로 나다. 누군가 나 대신 나의 죽음을 대신할 수는 없다. 평소 스스로에게 죽음에 대해 자주 질문을 던지며 준비하는 삶을 산다면 "어떻게 살아야 할 것인가?"라는 물음으로 자연스럽게 이어질 것이다.

어느 날 TV 방송의 장수 프로그램을 보니 여든을 넘긴 어르신이 "구구팔팔이삼사"라고 외친다. 아흔아홉(99)까지 팔팔(88)하게 살다가 이틀(2)만 앓고 사흘(3)째 죽고(4) 싶다는 뜻이었다. 연세 많은 어르신들의 한결같은 소망이 아닐 수 없다.

그러나 지금 이 시각에도 병원 중환자실에는 온갖 의료기에 둘러싸인 채 고통 속에 죽어가는 환자들이 적지 않다. 사랑하는 가족들 곁이 아니라 낯선 병원에서 고통과 두려움 속에 죽음을 맞고 있다. 이틀 앓고 사흘째 죽는 것이 아니라, 인공호흡기의 힘으로 몇 개월을 그렇게 고통 속에 삶을 연장한다. 가족들은 마지막까지 최선을 다하는 것이 효도라고 생각하지만, 본인의 의사와 관계없이 기계에 의존해 생명을 연장하는 것이 죽음 앞에 선 인간의 존엄성을 높이는 일인지 고민해봐야 한다.

이러한 연명치료가 지속되는 데에는 의사들의 책임도 물론 있다. 대부분의 의사는 체질적으로 죽음을 싫어한다. 가능한 모든 수단을 동원해서 자신의 환자를 살려내려고 한다. 이것이 '히포크라테스 정신'의 실천이라고 생각한다. 첨단 현대의학에 도취된 일부 의사들은 이제 죽음까지 해부하고 죽음에 도전하고 있다. 그러나 아무리 최선을 다해도 살려내기 힘든 말기 환자들이 있을 수밖에 없다. 회복 불능 상태가 확실하다면 고통만 연장하는 연명치료보다 환자의 상태를 최선으로 유지하다가 자연스럽게 임종을 맞도록 하는 완화치료가 더 인간적인 치료가 아닐까?

이처럼 의미 없는 연명치료를 막기 위해서라도 많은 사람이 죽음과 만나야 한다. 의사와 환자는 잘 죽는 죽음에 대해 터놓고 솔직하게 이야기해야 한다. 2017년부터 '호스피스·완화의료 및 임종과정에 있는 환자의 연명의료결정에 관한 법률'(약칭 연명의료결정법), 일명 '웰다잉(Well-Dying)법'이 시행된 것은 다행스러운 일이다. 자신이 회복 불능의 상태가 되면 불필요한 연명치료를 거부한다는 '사전연명의료의향서'에 서명한 사람이 2020년 1월에 57만 명을 넘어섰다. 죽음과 미리 만나는 사람이 늘어나는 증거라고 할 수 있다.

자라나는 아이들에게도 죽음과 만날 기회를 주어야 한다. 죽음에 대한 두려움은 아주 어릴 때부터 생겨 오랫동안 기억에 남는다. 선진국처럼 초·중등 학생들에게도 죽음에 대해 가르쳐야 한다. 어릴 때 죽음을 배워야 생명의 가치를 제대로 이해할 수 있기 때문이다. 죽음을 제대로 배운다면 자신이 얼마나 귀하게 태어난 생명인지 알 수 있다.

의과대학에서도 사람을 살리는 의학만 가르칠 것이 아니라 죽음에 대해 체계적으로 가르쳐야 한다. 인간은 태어날 때도 의사의 도움이 필요하지만, 생의 마지막 길목에 섰을 때도 의사의 따뜻한 도움의 손길을 기다리기 때문이다.

로마의 철학자 키케로는 "지혜로운 사람에게는 삶 전체가 죽음에 대한 준비"라고 했다. 아름다운 마지막 모습은 스스로 빚어낸다. 죽음을 준비하는 삶이 필요한 이유다.

우리가 쓸 엔딩 노트

고향 강구 이야기를 자주 하셔서 '강구 할머니'란 별명이 붙었던 환자가 있었다. 검사 결과, 할머니를 괴롭히던 코피의 원인은 콧속의 암이었다. 안타깝게도 이미 주변 부위로 넓게 퍼져 있어 수술은 불가능했다. 종양내과와 상의해 보니 항암 치료는 시도해볼 수 있지만 효과는 장담할 수 없었다. 또 연세가 아흔이 가까운 할머니의 기초 체력을 고려했을 때 독한 항암제 치료 중 오히려 상태가 더 나빠질 수도 있었다. 가족은 항암 치료가 힘들 정도로 쇠약해진 할머니를 고향의 한 요양병원으로 모시기를 원했다.

몇 주가 지난 뒤 할머니가 입원해 계신 병원에 잠시 들렀다.

장거리 왕진이었다. 규모는 작았지만 시원한 바닷바람이 불어오는 깨끗한 요양병원이었다. 대형병원 호스피스 병동만큼은 아니었지만 입원 환자들을 위한 다양한 프로그램도 진행하고 있었다. 할머니는 낯선 대구의 큰 병원에 계실 때보다 얼굴도 피부도 좋아 보였다. 병을 낫게 해 드리지 못한 못난 의사와의 재회였지만 할머니는 반가워하며 활짝 웃으셨다. 그리고 한 달이 흘렀을까. 할머니가 숨을 가쁘게 몰아쉰다는 아들의 다급한 전화가 밤에 걸려 왔고, 그것이 마지막이었다.

2019년 보건복지부가 발표한 자료에 의하면, 2017년 기준으로 우리 국민들이 사망 전 1년간 지불한 월평균 의료비는 157만 원이었다. 하지만 사망 전 1개월간 지불한 의료비는 403만 원으로 급증했다. 마지막 순간까지 많은 의학적인 치료를 시행하기 때문이다. 임종 한 달 전 항암제 처방 비율 또한 미국이 9퍼센트인 데 비해 우리나라는 30퍼센트를 넘는다는 조사 결과도 있다.

사랑하는 사람과 영원히 이별하고 싶은 사람은 아무도 없다. 그러나 말기 상황에서 치료 효과 없이 투병 기간만 연장하는 무의미한 연명치료는 환자는 물론이고 가족에게 또 다른 고통을 안겨 준다. 더 이상의 치료가 의미가 없을 때 의사와 환자, 그리고 의사와 보호자 간의 솔직한 소통이 필요한 이유가 여기에 있다. 자식 된 도리라는 생각으로 마지막까지 의학적 치료의 끈을 놓지 못하는 우리의 문화도 바뀌어야 한다.

호스피스 병동 앞을 지날 때마다 떠오르는 환자가 있다. 6년 전 이맘때, 평소 안면이 있던 50대 환자가 진료실을 찾았다. 그는 대장암 말기 판정을 받고 실의에 빠져 있었다. 항암화학요법 치료를 받았지만 병세가 악화됐고, 결국 호스피스 병동에 입원했다. 가끔 회진을 마친 후 찾아가 이런저런 이야기를 나눴다.

때마침 가족사진을 찍어주는 자원봉사를 하던 사진 작가님이 있어 가족들에게 조심스럽게 의사를 여쭈었더니 사진을 찍고 싶어 했다. 촬영이 있던 날, 호스피스 병동은 작은 스튜디오로 변했다. 그는 아내가 준비한 멋진 옷으로 갈아입고 머리도 손질했다. 마지막 가족사진임을 알고 있었지만 모두 밝은 표정이었다. 한 달쯤 뒤 그는 사랑하는 가족들 곁에서 눈을 감았다. 장례식장으로 향하는 아들의 가슴에는 환하게 웃고 있는 가족사진이 안겨 있었다.

병원에는 이런 모습의 죽음만 있는 것은 아니다. 많은 이들이 생명 연장을 위한 튜브를 꽂고 경고음을 내는 인공호흡기에 둘러싸인 채 낯선 중환자실에서 생을 마감한다. 이런 죽음을 지켜볼 때마다 우리는 과연 품위 있는 죽음을 맞고 있는지 의문스럽다.

'죽음의 질'은 얼마나 평안하게 생을 마감하느냐로 평가된다. 영국 이코노미스트 연구소가 2015년 발표한 '죽음의 질 지수'를 보면 영국이 93.9점(지수 점수)으로 1위를 차지한 반면 한국은 18위(73.7점)에 그쳤다. 100세를 사는 '호모 헌드레드(homo hundred)' 시대라지만 우리에게 품위 있는 죽음은 아직 먼 나라 이야기다.

'웰다잉'이 가능하게 하려면 서둘러 보완해야 할 것이 많다. 무엇보다도 완화치료를 받을 수 있는 시설이 더 확충되어야 한다. '완화치료'란 적극적인 병원치료로 호전이 어려운 생애 말기 환자가 요양기관이나 호스피스 시설에서 통증 완화를 통해 편안한 임종을 맞도록 돕는 것을 말한다. 2017년 기준 우리나라 암 사망자 중 호스피스의 혜택을 본 비율은 22퍼센트에 불과했다. 호스피스 병동이 절대적으로 부족하기 때문이다.

다큐멘터리 영화 〈엔딩 노트〉의 주인공은 위암 판정을 받고 시한부 인생을 산다. 하지만 그는 담담하게 죽음을 받아들이고 '손녀와 놀아주기', '아내에게 사랑 고백하기' 등 남은 시간 동안 해야 할 일을 '엔딩 노트'에 하나씩 기록한다. 주인공의 '버킷 리스트' 어디에도 연명치료는 없었다. "다들 웃고 있으니 여기가 천국 같구나." 가족들 곁에서 평안하게 눈을 감으며 영화 속 주인공이 남긴 마지막 말이다.

죽음은 단순한 끝이 아니라 우리 스스로 선택한 소중하고 아름다운 삶의 마지막 모습이 되어야 한다. 이제 우리도 '해피엔딩'을 준비할 때다.

암, 그 편견과 차별

10년 전 봄, 코피가 난다며 중3 여학생이 진료실을 찾아왔다. 콧속에 커다란 혹이 보여 조직 검사를 했다. 결과는 안타깝게도 악성 종양이었다. 암이라는 소식을 환자에게 전하는 일은 매번 힘겹다.

"며칠 동안 마음 졸이셨지요? 놀라지 말고 들어보세요. 안타깝게도 검사 결과는 암입니다. 하지만 항암 치료로 나을 수 있는 병이니 너무 걱정하지 마세요."

딸아이의 암 선고에 어머니는 진료실에 주저앉았고, 학생의 볼에는 눈물이 흘렀다. 어머니는 딸아이 몰래 떨리는 목소리로 물었다. "선생님, 우리 딸 살 수 있는 거 맞지요? 솔직하게 말해주세요.” 의사는 ‘암’을 말하지만, 암 환자들은 이처럼 ‘죽음’을 먼저 떠올린다.

우리는 암세포와 늘 함께 산다. 암은 정상적으로 프로그래밍된 죽음을 거부하는 ‘불량 세포’에서 기원한다. 누구나 하루 수천 개의 암세포가 생기지만 우리 몸의 면역세포가 찾아내 파괴한다. 그러나 면역력이 떨어지게 되면 암세포가 수십억, 수백억 개로 불어나 마침내 암이 된다.

암은 흔한 병이다. 암은 늘 우리 가까이에 있다. 그러나 우리의 ‘암’에 대한 ‘앎’은 여전히 부족하다. 암에 대한 오해와 막연한 불안감도 여기에 기인한다. 한국인이 기대수명인 82.7세까지 산다면 세 명 중 한 명은 암에 걸린다. 그리고 암은 치료가 가능한 병이다. 지금도 암 환자 열 명 중 일곱 명이 5년 이상 생존하고, 암 환자의 절반은 완치되고 있다. 그런데도 암은 죽음에 이르게 하는 불치병으로 잘못 인식되고 있다. 그래서 암을 말하는 것조차 부담스럽고, 가능하면 암과 멀리 있고 싶어 한다.

얼마 전 한 가족이 음식점에 갔다가 할머니가 암 환자라는 이유로 문전박대를 당했다는 기사를 읽었다. 이처럼 암환자들은 삶 속에서 차별을 당하기 쉽다. 2012년 『정신종양학회지』의 「암과 암 환자에 대한 일반인의 인식 조사 연구」를 보면 응답자의 42.3퍼센트가 "암 환자와 함께 있는 것이 부담스럽다"고 응답했다. 암 환자들은 재발에 대한 걱정보다 우리 사회의 편견에 더 힘들어 한다.

한 40대 남성은 항공사 채용 시험에 응시해 서류와 면접시험은 통과했으나, 4년 전 방광암 수술을 받았다는 이유로 탈락했다. 암 환자들은 완치된 후 직장에 복귀해도 마치 지속적인 도움이 필요한 사람으로 인식되기 쉽다. 무엇이든 할 수 있다고 말해도 환자로만 바라보는 시선을 느낀다. 2016년 국립암센터가 암 경험자의 사회 복귀에 대한 인식을 조사한 결과 70퍼센트 이상의 사람들이 암 병력을 가진 사람의 작업 능력이 떨어질 것으로 보고 있었다.

삶의 한고비를 넘기고 용기를 내 우리 곁으로 돌아온 암 환자들이 바라는 건 소박하다. 아픈 사람으로 보는 것이 아니라 그저 평소처럼 대해주길 바란다. 그리고 잠시 떠나온 삶의 터전으로 돌아가 일할 수 있기를 소망한다.

암세포가 완전히 사라진 상태를 완전 '관해(寬解)'라고 한다. 암 환자도 환자를 치료하는 의사도 간절히 바라는 상태이다. 암 환자가 관해에 이르기 위해서는 훌륭한 수술과 뛰어난 항암제도 물론 필요하다. 그러나 좋은 항암제 못지않게 꼭 필요한 것은 암 환자에 대한 편견과 차별이 없는 우리 사회의 따뜻한 이해와 배려가 아닐까?

힘든 항암 치료 과정을 잘 극복하고 완전 관해 상태에 이른 여중생은 이제 성인이 되었다. 퇴원을 앞둔 어느 날 저녁 회진을 하러 갔던 기억이 난다. 병실에 들어서니 교복을 입은 친구들이 환자와 둘러앉아 도시락과 병원 밥을 함께 나누어 먹고 있었다. "까르르, 까르르" 웃음소리 가득한 병실을 나오는데 나도 모르게 눈시울이 붉어졌다. 암 환자에 대한 편견과 차별이 없는, 진심 어린 이해와 배려가 어떤 것인지 어린 학생들이 형식적인 회진을 온 의사에게 가르쳐 주고 있었다.

장애를 만드는 사회

"훈이를 도와줄 형과 누나들이야. 인사해야지."

재활의학과 교수님의 소개로 내가 훈이를 처음 만난 곳은 의학과 3학년 때 임상실습 중이던 물리치료실이었다. 부끄러운지 훈이의 얼굴이 발개졌다. 훈이는 뇌성마비로 팔다리에 운동 장애가 있었고, 띄엄띄엄 말을 하려면 노력이 필요했다. 의대생인 우리가 할 수 있는 일은 글씨 연습을 돕고 말벗이 되어 함께 놀아주는 게 전부였다. 교수님은 '놀이 치료'도 효과가 크다며 봉사활동 나온 우리를 격려했다.

며칠이 지나자 훈이도 마음을 열기 시작했다. 병실에 가면 반가워하는 눈빛이었다. 아침 일찍 일어나 우리를 기다린다고 간호사가 귀띔해주었다. 우리가 응원하면 보행 연습을 더 열심히 하는 것 같았다. 하루는 글씨 연습을 하는데 양손이 땀으로 흠뻑 젖어 있었다. 물론 훈이는 휠체어를 타고 병원 정원에 나가 노는 것을 가장 좋아했다.

훈이 어머니는 아들을 일반 학교에 입학시키고 6년간 교실까지 업어주며 등하교를 도왔다. 병원에서도 아들이 의지를 잃지 않도록 늘 칭찬했다. "명심해라. 너는 남들과 하나도 다르지 않아." 영화 〈포레스트 검프〉에서 지적장애 아들이 기죽지 않도록 응원하던 어머니의 모습이 오버랩되었다.

20여 년 만에 훈이의 얼굴이 떠오른 것은 한 정치인의 장애인 비하 발언 때문이다. "선천적 장애인은 후천적 장애인에 비해서 의지가 약하고, 후천적 장애인은 정상적인 삶에 대한 꿈이 있다." 훈이가 흘리던 구슬땀이 기억나 화가 났다. 그리고 '장애인의 삶'이 어째서 '정상적인 삶'이 아니란 말인가?

'장애인'의 반대말은 '비장애인'이지만 '정상인'이라고 생각하는 사람이 적지 않다. '장애'란 말에 '열등함'이라는 부정적 낙인이 찍혀 있기 때문이다. 그러나 장애인은 손상된 몸 때문에 '무언가를 할 수 없는' 사람이 아니라 사회적 요인으로 '무언가를 할 수 없게 된' 사람일 뿐이다. 올해 설 명절 귀향길에서 휠체어 리프트가 장착된 고속버스가 우리나라에 단 열 대

뿐이라는 뉴스를 듣고 부끄럽고 미안했다. 장애인이 버스로 고향에 가지 못한 것은 그들 몸의 손상 때문이 아니라 장애인의 기본권에 둔감한 우리 사회의 손상 때문이다.

장애인 비하는 정치인만의 문제는 아니다. 우리가 무심코 사용하는 병신, 불구자, 저능아, 정박아, 벙어리, 미치광이 같은 용어 속에도 장애인에 대한 차별과 혐오가 스며 있다. 나쁜 의도는 없었더라도 장애인에 대한 인권 감수성을 놓치는 순간 누구나 이런 말로 '선량한 차별주의자'가 될 수 있다.

지적 장애가 있는 딸을 키웠던 소설 『대지』의 작가 펄 벅은 에세이 「자라지 않는 아이」를 통해 많은 장애인과 가족들에게 지혜와 용기를 선물했다.

> 모든 사람이 동등하며 누구나 인간으로서의 권리를 가지고 있다는 사실을 가르쳐 준 것이 바로 내 아이였다. 인간이라면 누구나 다른 사람보다 못한 존재로 취급받아서는 안 된다.

그해 겨울, 꽃다발을 들고 훈이의 초등학교 졸업식에 갔다. 퇴원할 때 한 약속이었다. 그 이후 훈이를 다시 만날 수 없었다. 빛나는 졸업장을 안고 해맑게 웃던 훈이가 보고 싶다.

에이즈, 그 편견과 차별

"나, 에이즈에 걸렸어."

영화 〈보헤미안 랩소디〉에서 록그룹 '퀸'의 보컬 프레디 머큐리는 멤버들에게 이렇게 고백하며 침울한 표정을 짓는다. 그 당시 에이즈는 곧 죽음을 의미했기 때문일 것이다.

에이즈(AIDS)는 우리말로 '후천성 면역결핍증'이다. 인간 면역결핍바이러스(HIV)에 감염되어 발생한다. HIV에 감염된 후 면역력이 떨어져 감염성 질환, 악성 종양 등이 발생하면 에이즈 환자가 된다.

병의 원인도 몰랐던 1980년대에는 공포 그 자체였지만 1990년대 들어 치료제가 속속 개발되면서 HIV 감염은 고혈압, 당뇨병과 같은 만성질환 중 하나가 되었다. 2017년 9월 미국 질병예방통제센터는 「U=U 성명」을 통해 약을 먹으면 6개월 이내에 HIV가 '미검출(Undetectable)' 수준으로 떨어지고 타인을 '감염시키지 않는다(Untransmissible)'고 선언했다.

그러나 아직도 프레디 머큐리 시절에서 거의 변하지 않은 것도 있다. 바로 에이즈에 대한 편견과 차별이다. 문화평론가 수전 손택은 저서 『은유로서의 질병』의 두번째 글 「에이즈와 그 은유」에서 "에이즈 환자들이 가장 두려워하는 것은 사람들이 자신의 고통을 비하하는 고통"이라고 지적했다.

2018년 11월 대구교도소에 수감된 HIV 감염자의 호소를 담은 편지가 공개되었다. 교도소 측이 방에 '특이 환자'라는 표식을 하고, 운동 시간에 땅에 선을 그어 타 재소자와 분리한다는 것이었다. 사실이라면 헌법에 보장된, 사생활의 비밀을 보장받을 권리의 명백한 침해다. 2016년 국가인권위 조사에 의하면 HIV 감염인의 가장 큰 고통은 '감염 사실의 노출'이었다. 타 수용자와 분리한 행태 역시 무지의 소산이다. HIV는 성 접촉, 오염된 혈액에 노출, 감염된 여성의 출산 등을 통해 감염될 가능성이 있지만, 함께 운동하거나 음식을 나누어 먹는 등 일상 생활을 통해서는 감염되지 않는다.

2019년 4월 포항의 한 마사지 업소에서 일하던 미등록 이주

여성이 폐렴으로 사망했다. 혈액 검사에서 HIV 보균자 판정을 받자 일부 언론은 혐오와 차별의 언어로 에이즈 공포를 부추겼다. 단속에 대한 두려움과 의료비 부담으로 병원에도 가지 못한 채 숙소에서 사경을 헤매다 '사회적 죽음'을 당한 미등록 이주 여성의 삶과 보장받지 못한 건강권에는 관심이 없었다.

에이즈 확산을 막기 위해 설립된 '유엔 에이즈(UNAIDS)'는 HIV 확산을 부추기는 요인으로 '편견'과 '차별'을 지목했다. 에이즈에 대한 우리 사회의 혐오는 HIV 검사에 대한 접근성을 떨어뜨리고 치료를 늦어지게 한다. HIV 감염인의 인권 보장이야말로 에이즈 예방의 시작이다.

2020년 1월 록그룹 퀸이 첫 단독 내한 공연을 했다. 멋진 무대였지만 프레디 머큐리의 음성을 직접 들을 수 없어 아쉬웠다. 영화 〈보헤미안 랩소디〉에서 프레디 머큐리의 에이즈 고백을 들은 멤버들은 오히려 그를 보듬어 안고 하나로 뭉친다. 그리고 자선공연 '라이브 에이드'에서 멋진 감동의 무대를 펼친다.

이제 우리도 HIV 감염자에 대한 편견과 차별을 거두고 그들을 보듬어 안아야 할 때다.

캄보디아 아이들의 눈망울

2013년 8월 2일 인천공항을 이륙한 비행기는 다섯 시간을 날아 밤 11시가 조금 넘은 시각 캄보디아 프놈펜 국제공항에 도착했다. 트랩을 내려오자 동남아 특유의 습한 공기가 기도로 훅 밀려들어와 캄보디아에 도착했음을 실감했다. 규모가 크지 않은 공항에는 수많은 사람들이 누군가를 기다리고 있었다. 한국에서 수년간 힘들게 일하고 돌아오는 가족을 반갑게 맞이하는 모습을 곳곳에서 볼 수 있었다. 그사이 헤브론병원에서 마중 나온 직원을 만나 의료 장비와 의약품을 싣고 공항을 빠져나왔다.

캄보디아 헤브론병원은 2007년 한국에서 온 네 명의 의료

선교사가 수도 프놈펜 외곽지의 습지를 메우고 세운 병원이다. 열악한 의료 환경과 가난 때문에 많은 캄보디아 사람들이 병이 들어도 치료를 받지 못하고 있던 시절이었다. 무료로 치료를 해주는 병원이 세워졌다는 소식이 알려지자 하루 200~300명이 넘는 캄보디아 환자들이 몰려왔다. 수도 프놈펜뿐만 아니라 버스로 여섯 시간 거리인 시엡립에서 찾아오는 환자도 있었다. 오전 9시에 병원 문을 열지만, 새벽 3시경부터 환자들이 닫힌 병원 문 앞에 줄을 지어 앉거나 누워서 차례를 기다렸다. 한국에서의 편안한 삶을 뒤로하고 '죽음의 땅' 캄보디아에서 병들고 고통 받는 이들의 아픔을 어루만지는 의료 선교사님들을 바라보며 고개가 절로 숙여졌다.

도착한 다음날 곧바로 '이동 진료'에 나섰다. 헤브론병원 원장님, 대구제일교회에서 온 의료 선교팀, 10여 명의 병원 직원들과 함께 비포장 길을 두 시간 달려 '다케오 스와이콤'이라는 캄보디아 오지에 도착했다. 헤브론병원 의료진은 한 달에 두 번 정도 병원을 떠나 의료 혜택이 닿지 않는 오지를 찾는다고 했다. 이 마을에는 '의사'라는 사람을 처음 본 아이들도 있었다. 진료팀이 도착하자 미리 마을 입구까지 나와 있던 아이들이 손을 흔들며 낯선 손님을 반갑게 맞았다. 아이들은 대부분 맨발이었다. 내의도 입지 않은 갓난아기 동생을 힘겹게 업고 나온 남루한 누이의 모습이 보여 마음이 아팠다.

진료를 받기 위해 줄을 선 아이들을 가만히 바라보니 그 눈망울이 너무나 맑았다. 어디서 많이 본 듯한 그 눈망울. 학창 시절 단체로 관람했던 영화 〈킬링필드〉의 마지막 장면에서 존 레논의 〈imagine〉이 배경으로 흐를 때 클로즈업되었던 캄보디아 신문기자 디스 프란의 슬픔에 젖은 눈망울이 떠올랐다.

청진기 같은 진료 기구에 겁을 먹은 아이들에게는 두 손을 포개어 합장을 했다. 캄보디아에서 배운 인사법이었다. “쭘립쑤어(안녕)!”라고 어설픈 크메르어로 인사하며 웃어주면 녀석들은 일어나 손을 자신의 머리 위까지 번쩍 들어 올려 내게 합장을 하면서 웃는다. 손을 올리는 높이가 크메르인들의 감사함 정도를 나타낸다고 누군가 귀띔해주었다.

어르신들 진료를 보는 동안에도 아이들은 집으로 돌아가지 않고 주변을 맴돌았다. 그래서 진료 틈틈이 마을 공터에서 아이들과 술래잡기, 풍선 놀이, 스티커 놀이, 공기 놀이 등을 하며 함께 놀았다. “까르르, 까르르” 웃음소리가 마을에 가득했다.

진료를 마치려는데 한 어머니가 아이를 업고 급하게 진료소로 들어왔다. 딸아이가 세 살이라고 했다. 자세히 보니 귀 앞이 염증이 심해 불룩하게 부어 있었고, 고름까지 흘러나오고 있었다. 선천성 질환인 '이개 전 누공'이 의심되었다. 이 정도로 심한 상태이면 먹는 항생제로 치료가 쉽지 않고 절개 후 배농을 해야 했다. 한국에서는 소아의 경우 전신 마취를 하지만 캄보디아 오지에서는 불가능했다. 헤브론병원으로 옮길 형편도 되지 못해 그곳에서 시술하기로 했다. 아이의 손에 달콤한 빵을 쥐어주면서 달랬다. 그리고 부어 있는 부위에 국소 마취를 한 후 절개를 하고 고름을 배농했다. 아이는 겁에 질려 눈물을 뚝뚝 흘렸지만 고맙게도 그렇게 많이 움직이지 않았다. 수술한 부위에 거즈를 붙이고 항생제와 연고 등을 주며 병원에서 함께 온 통역사를 통해 소독법을 알려 주었다.

"어꾼 쯔란, 어꾼 쯔란!"

합장을 한 채 수도 없이 "정말 고맙습니다"라는 말을 반복하며 아이를 안고 떠나는 어머니의 눈에도 눈물이 가득 고여 있었다.

해가 저물어 프놈펜으로 돌아오는 차에 오르려니 갑자기 가슴이 뻥 뚫린 듯 멍해졌다. 차가 마을을 벗어나 보이지 않을 때까지 따라오며 손을 흔드는 아이들의 모습을 차창으로 바라보니 왠지 눈시울이 붉어졌다.

캄보디아. 절반 이상의 어린이가 굶주리다 못해 영양실조 상태에 빠진 나라, 50만 명이 넘는 어린이가 기본적인 학교 교육조차 받지 못하는 나라, 1만 명 이상의 어린이가 매춘과 관련된 경험을 가진 나라, 오랜 내전과 크메르루주의 대학살이라는 치유되기 힘든 상처를 딛고 절망에서 희망을 찾기 위해 애쓰는 나라. 캄보디아를 위해 할 수 있는 일이 없을까?

캄보디아를 떠나는 날, 일주일간 정들었던 헤브론병원 직원들에게 다시 오겠다고 약속을 했다. 원장님은 일 년간 오면 더 좋다고 하셔서 모두 웃었다. 귀국행 비행기에 올라 창으로 보이는 프놈펜의 밤 풍경을 보고 있으니 마음이 무거웠다. 무엇인가 해야 할 것만 같은데 막막했다.

한국에 돌아와 어느 날 신문을 펼쳐 보니 우리나라는 소위 잘산다는 세계 22개국 중 가난한 나라를 돕는 데 가장 인색한 국가로 수년째 1위였다. 부끄러웠다. 우리나라는 왜 캄보디아와 같은 어려운 나라에 학교나 병원을 지어줄 수는 없을까?

치료를 받고 병원을 떠나는 환자들을 향해 손을 흔들며 환하게 웃어주던 헤브론병원 선생님들이 자주 떠오른다. 캄보디아 오지에서 만난 아이들이 천진난만하게 웃던 모습과 겹쳐졌다. 그들은 오늘도 상처받은 땅 캄보디아에서 가난하고 병든 이들의 몸과 마음, 그리고 그 웃음을 지켜주고 있다.

5월의 망고 아이스크림

디데이를 2014년 5월 초로 잡았다. 노동절, 어린이날, 석가탄신일까지 달력에 빨간 날이 이어져 있었다. 환자들 그리고 헤브론병원 직원들에게 다시 오겠다고 한 약속을 지키기 위해 캄보디아로 가기로 했다. 병원에서 평일인 까만 날짜에 휴가를 내기 힘들기에 연휴의 기회를 놓칠 수 없었다. 그런데 한 가지 난관이 있었다. 선물을 받기 위해 일 년간 5월 5일을 디데이로 정해 놓고 기다리는 두 어린이가 집에 있었다. 아빠를 부디 이해해주기를 두 딸에게 간곡히 부탁하고 평소 예산의 두 배를 지출해 파격적인 선물을 미리 사 주었다. 어린이날 혼자 고생하게 된 아내에게도 미안한 마음을 전했다. 그리고 5월 초 프놈펜행 비행기에 다시 몸을 실었다.

"진료를 받으러 오겠다는 환자가 이미 130명이 넘어요."

일주일 전에 헤브론병원 직원에게 문자를 받고 놀랐다. 한국에서 이비인후과 의사가 온다는 소식을 병원 게시판에 작게 붙였을 뿐이라고 했다. 아마도 캄보디아에 이비인후과 전문의가 없기 때문인 듯했다.

이번에는 출발하기 전 미리 준비를 많이 했다. 수술에 필요한 모니터와 내시경 장비, 수술 기구 등은 두 달 전 캄보디아행 컨테이너에 실어 보냈다. 수술복과 각종 약제 등 다른 필요한 물품은 여행용 가방에 잔뜩 담아 직접 가져갈 수밖에 없었다. 결국 인천공항 검색대를 통과하지 못했다. 날카로운 눈초리의 직원이 나와 가방을 열더니 의심 가득한 표정으로 나 한 번, 물품 한 번 쳐다보며 어디에 쓰는 물건인지 물었다. 수술에 필요한 물품이라고 설명을 하고 하나하나 확인을 받아야 했다.

"존경하는 이사장님, 캄보디아에 난청 환자가 너무 많습니다. 청력 검사기를 헤브론병원에 기증해주시면 정말 고맙겠습니다."

캄보디아로 가기 몇 달 전 용기를 내 대한이비인후과학회에서 가장 높은 이사장님께 이메일을 보냈다. '국민건강영양

조사'가 막 끝나 검진에 잠깐 썼던 거의 새것이나 마찬가지인 청력 검사기를 팔려고 한다는 첩보를 입수했기 때문이다. 별 기대를 안 하고 부탁드렸는데 얼마 지나지 않아 기증하겠다는 답장이 왔다. 너무 기뻤다.

캄보디아의 5월은 망고의 계절이다. 어디를 가나 망고 향이 가득하다. 그러나 정말 덥다. 덥다는 말로는 표현이 부족할 만큼 진짜 덥다. 우리나라에서 가장 덥다는 '대프리카' 대구에 40년 넘게 살았어도 적응이 안 될 정도로 덥다. 캄보디아는 일년 내내 더운 나라지만 그중에도 4, 5월이 가장 더운 여름철이기 때문이다.

도착하자마자 3일간 외래 진료를 열심히 보며 수술할 환자 열 명을 정했다. 수술 후 치료도 중요하기 때문에 무작정 많은 분에게 기회를 드릴 수 없어 죄송했다. 말이 잘 통하지 않는 캄보디아 환자를 국소 마취로 수술하는 일은 쉽지 않았다. "걱정하지 마세요", "움직이지 마세요" 등 수술에 필요한 몇 마디 캄보디아 말을 공부해 왔지만 별 도움이 되지 못했다.

50대 남자 환자의 코 안에 있던 양성종양도 제거했고 40대 여성의 만성축농증을 내시경 수술로 해결해 드렸다. 어릴 때 당한 교통사고로 코가 휘어 한쪽 코로는 숨을 쉬지 못하던 다섯 살 어린이가 숨을 편하게 쉴 수 있도록 코 안을 교정했다.

코 수술은 수술 다음 날 출혈을 막기 위해 넣어 둔 패킹을 빼는 일이 고역이다. 고여 있던 피가 쏟아지고 통증도 심해 환자도 의사도 진땀을 흘린다. 냉방 장치가 없는 캄보디아에서 혼자 패킹을 빼려니 온몸의 땀구멍이 다 열린 느낌이었다. 캄보디아 하늘에서 갑자기 퍼붓는 스콜처럼 땀이 쏟아져 눈을 뜨기도 힘들었다. 이렇게 열악한 환경에서 혼자 수술을 해보면 평소 병원에서 도와주는 수술실 간호사, 전공의 선생님이 얼마나 고마운지 알게 된다. 돌아가면 잘 모셔야겠다는 다짐을 수도 없이 하게 된다.

수술을 받은 환자들은 말라리아 때문에 모기장이 쳐진 입원실에서 하루 머물다 퇴원했다. 병원을 떠나며 수술을 해준 의사에게 정말 고맙다며 합장을 했지만 나는 무더운 병실에서 잘 견뎌준 환자들에게 더 고마웠다.

헤브론병원 가장 구석에 있는 작은 방에 기증 받아 들고 온 청력 검사 장비를 설치했다. 방음 부스가 설치될 때까지는 소음이 없는 공간이 필요했기 때문이다. 간호사 한 분에게 청력 검사 방법을 자세히 설명했다. 여러 번 청력 검사 연습을 하고 실제 환자를 대상으로 여러 번 청력 검사를 함께 했다. 그래도 불안해서 또박또박 검사 순서와 방법을 적어 매뉴얼을 만든 후 청력 검사 방에 붙여 놓았다. 오랜 내전과 베트남전 당시

보급로 차단 명목으로 이루어진 미군의 캄보디아 동부 지역에 대한 폭격으로 캄보디아에는 난청 환자가 유난히 많았다. 일단 설치한 청력 검사 장비로 난청을 조기에 진단할 수 있어 다행이었다. 앞으로 보청기도 캄보디아에 기증될 수 있으면 좋겠다는 생각이 들었다.

마지막 날, 수술을 받고 퇴원한 환자 한 분이 찾아왔다. 가방에서 뭔가를 꺼내는데 잘 익은 망고를 나무 막대에 꽂아 얼린 망고 아이스크림이었다. 우리나라에서 파는 망고맛 아이스크림과는 비교 자체가 불가능할 정도로 맛있었다.

해마다 5월이 오면 그 망고 아이스크림 맛이 그립다.

"사는 거이 다 똑같디요"

"평양에 같이 갑시다."

북녘 어린이들을 위해 의약품을 보내 왔던 '어린이의약품지원본부'에서 2008년 봄 나에게 방북을 제안했다. 북녘 어린이들을 위해 평양에 어린이종합병원을 세우는데 같이 가서 도와주면 좋겠다는 것이었다. 평양은 뉴스에서나 보던 곳이지 내가 갈 수 있는 곳이라고 생각해 본 적이 없어 멈칫했다. 그러나 가겠다는 대답을 하는 데 그리 오래 걸리지 않았다. 나도 북녘 어린이들을 위해 뭔가 힘을 보태고 싶었다.

2008년 4월 30일 역사적(?)인 방북의 날 새벽이 밝았다. 1998년 현대그룹 고(故) 정주영 명예회장이 1,001마리 소 떼를 이끌고 휴전선을 넘던 날처럼 비장한 마음이 들었다. 아내에게 잘 다녀오겠노라고 인사를 하고, 잠든 세 살짜리 어린 딸의 볼에 뽀뽀하고 동대구역에서 서울행 KTX에 몸을 실었다. 인천공항에 도착하니, 어린이의약품지원본부 소속 의사, 치과의사와 함께 병원 신축 관련 일을 할 건축사도 기다리고 있었다. 간단하게 인사를 나누고 곧바로 중국 심양행 비행기에 몸을 실었다. 직선거리로 200킬로미터도 안 되는, 그래서 "서울에서 평양까지 택시 요금 5만 원"이라는 노래 가사까지 있을 정도로 가까운 거리지만, 평양으로 곧바로 갈 수가 없었다. 무려 530킬로미터를 날아 심양공항에 도착해 오후 4시에 이륙하는 평양행 고려항공으로 갈아타야 했다.

"동무들 여기서 대체 뭐하시오? 평양 들어가는 것 맞디요? 내레 계속 동무들 찾았시오. 빨리 수속하시오." 그리고 마지막 잊을 수 없는 한마디. "동무들, 비행기 첨 타봄메까?" 비행 시간이 변경되어 우리 일행을 찾아 뛰어다녔다는 이 친절한(?) 고려항공 직원이 내가 만난 첫 번째 북측 사람이었다.

이륙한 고려항공 비행기는 기수를 남쪽으로 향했다. 색동저고리를 입은 승무원이 제공해주는 '딸기 단물', '배 단물' 등 북녘에서 만든 음료수를 신기해 하며 바라보는데 기내 방송이 우리가 압록강을 넘어 북한 영공으로 들어왔음을 알렸다. 창

밖으로 눈을 돌렸다. 하늘에서 본 북녘 땅은 헐벗은 산들이 띄엄띄엄 보이는 것 말고는 남녘과 비슷한 산하였다. 얼마 지나지 않아 고려항공기는 평양 순안공항에 사뿐히 내렸다. 비행기 트랩을 내려오며 어떤 교황님이 하셨듯 활주로 바닥에 입맞춤하고 싶었지만 참았다.

공항에는 4일간 함께할 북측의 참사 두 분이 나와서 반갑게 맞아주었다. 순안공항에서 평양 시내로 들어가는 길가에는 수양버들이 산들바람에 흔들리고 이름 모를 봄꽃들이 만개해 있었다. 숙소인 '보통강 려관'에 도착하자 소박한 환영 만찬이 열렸다. 서로를 소개하고 덕담을 나누며 너무나 깨끗한 맛의 '평양소주'도 한두 잔 기울였다. 북측 참사들은 "동무는 직책이 전임의라고 되어 있던데 뭐임메까?"라고 묻기에 '비정규직 의사'라고 너스레를 떨었더니, 드디어 실체를 알았다는 듯 환하게 웃었다. 민감한 정치 이야기는 빼고 이런저런 이야기를 나누며 긴장했던 마음도 녹아내렸고 평양에서의 첫날밤을 편하게 맞이할 수 있었다.

이튿날 아침에 만경대어린이종합병원 신축 현장을 둘러보았다. 남북 간의 협의를 거쳐 평양에 어린이종합병원을 세우기로 합의를 했고, 2007년 평양 만경대 지역에 마침내 첫 삽을 떴다. 지하 1층, 지상 3층의 규모로 43병상의 입원실을 갖추도록 설계되었다. 소아과는 물론이고 산부인과, 안·이비인후과, 외과, 고려치료과 등 11개 과를 두고 하루 500명 이상의 어린이와 산모를 진료할 수 있도록 준비를 했다.

신축 공사 현장에 도착해보니 기초 작업을 끝내고 지하 1층 공사가 한창 진행 중이었다. 설계도면에서 안·이비인후과가 설치될 위치부터 확인했다. 아픈 아이들이 병원 내에서 이동할 동선도 미리 그려 보며 불편하지 않도록 조정했다. 일 년 뒤 병원이 완공되는 날 꼭 다시 오겠다고 약속도 했다. 일행을 태운 버스가 공사 현장을 벗어나려는데 하교하는 듯해 보이는 북녘 아이들 몇이 천진난만하게 웃으며 손을 흔들어 주었다. 서둘러 차창을 열고 얼굴까지 내밀고 손을 흔들어 화답해주었다.

오후에는 평양에서 한 시간 거리인 대안군의 '인민병원'을 둘러보기 위해 나섰다. 대동강을 따라 이어진 평양-남포 간 도로 변의 몇몇 공장 운동장에는 북녘의 명절인 5·1절을 맞아 체육대회가 열리고 있었다. 대동강 변에도 많은 사람들이 나와 즐거운 한때를 보내고 있었다. 도착한 대안군은 평양과는 다르게 좀 낙후된 모습이었지만 옛 우리 시골 마을을 떠올리게 했다.

병원장을 비롯한 여러 분들이 나와서 우리 일행을 따뜻하게 맞아 주었다. 병원을 둘러보는데 복도에는 조명 시설이 없어 어두웠고, 문과 창틀도 오래전에 시공한 듯 보였다. 수술실과 분만장에는 기본적인 물품은 있었지만 역시 장비의 보충이 필요해 보였다. 관심이 있어 찾아간 이비인후과 외래 복도에는 '편도염을 예방하려면'이라는 제목의 게시판이 있어 자세히 읽어보았다. 정답은 수술이나 약물치료가 아니라 '냉수 마찰'이었다. 면역을 증강한다는 이론이었다. 돌아오는 버스 안에서 곰곰이 생각해보니 북녘은 예방의학을 더 강조하기에 틀린 말은 아닌 것 같았다.

셋째 날은 평양 시내를 둘러보았다. 만수대에서 만난 여대생들은 흰색 저고리와 검정 치마를 입고 있었다. 검게 탄 얼굴의 개구쟁이 녀석들은 우리 동네에서 보는 아이들과 큰 차이가 없었다. 번화가에 들어서자 승객으로 꽉 찬 무궤도 전차에 겨우 올라타는 사람들이 보였다. 순간 카메라를 그 방향으로 돌리려다 내려놓았다. 학창 시절 아침마다 콩나물 시루 같은 시내버스를 타고 다녔던 나의 모습이 떠올랐기 때문이다. 안내해주시는 분에게 "사람들 사는 모습이 남쪽이랑 비슷해요"라고 했더니 웃으며 대답했다.

"사는 거이 다 똑같디요."

평양을 떠나기 전날 아쉬운 마음을 달래기 위해 조촐한 만찬을 가졌다.

“아리랑~ 아리랑~ 아라리요.”

북측 안내원이 이별가로 불러준 〈아리랑〉의 구성진 가락을 지금도 잊을 수 없다. 화답가를 부르는 것이 예의라며 모두 나를 쳐다보았다. 솔직히 방북을 앞두고 북녘 사람들이 좋아하는 노래 두 곡을 준비했었다. 하나는 〈고향의 봄〉이고 나머지 한 곡은 북녘 대중가요 중 인기가 많다고 들었던 〈휘파람〉이다. 〈고향의 봄〉을 부르면 분위기가 가라앉으면서 왠지 감정에 북받쳐 내가 울컥할 것 같아서 경쾌한 곡 〈휘파람〉을 선택했다.

“어젯밤에도 불었네. 휘파람, 휘파람… 휘휘휘 호호호, 휘휘 호호호~.”

북녘 유행가를 부르는 남녘 의사의 모습에 안내원이 놀라는 표정 반, 반가운 표정 반을 지으며 무대로 올라왔다. 그러더니 마이크를 같이 잡았다. 예정에 없던 ‘남남북녀’ 듀엣이 되어버렸다. 노래를 잘 부르지 못하는 나 때문에 결국 엉망이 되었지만 모두 기립해서 박수를 보내주었다. 3박 4일의 짧은 방북이었다. 그러나 많은 것을 얻고 돌아왔다. 어느 소설가의 고백처럼, 그곳에도 사람이 살고 있었고 그들의 살아가는 모습은 우리와 크게 다르지 않았다.

2009년 4월 마침내 만경대어린이종합병원이 완공되었다. 안·이비인후과에 필요한 의료 장비는 인천항에서 배에 실어 남포항으로 미리 보냈다. 나는 만경대어린이종합병원 안·이비인후과 남측 책임자가 되었다. "우리 병원에서는 내가 별볼 일 없는 의사이지만 평양 만경대어린이병원에서는 남측 과장이라고." 이렇게 말하며 북측 이비인후과 의사와 교류할 기대에 차 있었다. 그러나 지난 12년간 여러 가지 정치적 이유로 길이 막혀 가 볼 수 없었다. 어린이들은 정치를 모르는데도 말이다.

2018년 남북정상회담 직후 어린이의약품지원본부 대표단이 거의 10년 만에 만경대어린이종합병원을 잠시 다녀올 수 있었다. 많은 북녘 어린이들이 깨끗한 병원에서 진료를 받는 모습을 TV를 통해 볼 수 있었다. 그러나 잠시 열렸던 길이 또 닫히고 말아 안타깝다. 만경대어린이종합병원을 세울 때 건물 완공만이 목표는 아니었다. 지속적인 남북 보건의료인 간의 교류가 더 큰 바람이었다. 서로의 차이를 이해하기 위한 지속적인 교류가 있어야 남북이 하나 된 이후의 보건의료 시스템을 미리 준비할 수 있기 때문이다.

북녘 의사들의 명찰에는 '정성(精誠)'이라는 글자가 새겨져 있다. 아픈 사람들을 향한 의사들의 마음가짐이라고 했다. 원래 하나였던 것이 다시 하나가 되기 위해 남과 북의 모든 사람이 정성을 다한다면 막혔던 길도 다시 열리고 남녘과 북녘 어린이들 모두의 건강도 튼튼하게 지켜줄 수 있을 것이다.

12년 전 만났던 북녘 아이들이 보고 싶다. 많이 컸겠지?

발개돌이 공부방 곰돌이 선생님

'발개돌이'란 북녘에서 쓰는 말로 개구쟁이라는 뜻이다. 사단법인 '더 나은 세상을 위한 공감'과 '북한이주민지원센터'는 북한이탈주민이 많이 모여 사는 대구 상인동에 지난 2011년 공부방을 열었다. 북한이탈주민의 자녀들이 기죽지 않고 씩씩하게 살아가기를 바라는 마음을 담아 이름을 '발개돌이 공부방'으로 지었다. 북한이탈주민들은 생계를 위한 경제활동과 자녀 양육을 동시에 해야 하는 어려움을 늘 겪고 있었다. 발개돌이 공부방은 이런 부모님들의 어려움을 다소나마 덜어드리고 아이들에게 학교 생활과 교우 관계에서 자신감을 심어주기 위해 만들어졌다. 나는 공부방 선생님으로 힘을 보탰다.

매일 오후 3시가 되면 공부방은 아이들의 해맑은 웃음소리로 가득 찬다. 인근 초등학교에서 수업을 마친 '발개돌이'들이 하나둘 공부방으로 모여들기 때문이다. 책가방을 내려놓지도 않고 공부방 선생님에게 학교에서 있었던 일들을 들려준다. 이 수다는 맛있는 간식을 먹기 시작해야 소강 상태에 들어간다.

처음에는 초등학생 열 명이 방과 후부터 부모님이 일터에서 돌아오는 저녁 8시경까지 공부방을 이용했다. 상근하는 선생님과 자원봉사를 하는 수많은 선생님의 수고로 발개돌이 공부방은 다양한 프로그램을 운영할 수 있었다. 학교 공부에 자신감을 갖도록 국어, 영어, 수학 등 학교에서 배운 교과목을 먼저 복습시켰다. 그 외에도 독서 토론 수업, 과학 탐구 수업 등을 전문가 선생님을 모시고 진행했다. 또한 원어민 선생님의 도움으로 영어 회화 공부도 즐겁게 할 수 있었다. 오카리나 등 예체능 특기를 기를 기회도 가졌다. 지역의 '통일음악회'에 초청받아 오카리나 연주 솜씨를 뽐내기도 했다. 그래도 아이들이 가장 좋아하는 수업은 체육 수업이었다. 해가 지는 줄도 모르고 선생님과 운동장에서 공을 차며 내달리는 아이들을 보면 역시 '발개돌이답다'는 생각이 들었다.

주말에는 공부방 아이들이 우리 문화를 체험할 수 있도록 '문화 체험 프로그램'도 운영했다. 야구장을 찾아 함께 응원도 하고, 영화관에 가서 애니메이션을 함께 보며 즐거운 한때를 보내기도 했다. 여름과 겨울 방학이 오면 1박 2일의 일정으로 우리의 문화유산을 찾아 견문을 넓히기도 했다. 마음의 상처로 힘겨워하는 발개돌이가 있으면 심리 상담 및 심리 치료를 받을 기회를 제공했고, 미술 치료 등을 통해 정서적으로 안정을 찾을 수 있도록 배려했다.

나는 '공부방 운영위원장'이라는 직책을 맡고 있었지만, 아이들은 나를 매주 목요일 저녁이면 공부방에 찾아오는 '곰돌이 선생님'으로 기억했다. 아이들 눈에는 곰처럼 덩치가 크고 행동이 느릿느릿해 보였던 것 같다. 영어 문법, 글쓰기, 논술 등의 다양한 과목을 맡아서 가르쳤다. 학교 시험이 임박해서는 벼락치기로 문제집을 함께 풀기도 했다. 그러나 책을 덮고 운동장에 나가 아이들과 함께 뛰어 놀았던 날도 많았다.

솔직히 처음에는 아이들을 열심히 가르쳐 반에서 1등을 한번 만들어봐야겠다는 욕심도 있었다. 북한이탈주민 자녀도 열심히 하면 1등 할 수 있다는 것을 보여주고 싶었다. 그러나 아이들을 여러 해 만나면서 그런 생각이 매우 어리석었다는 것을 깨닫게 되었다. 발개돌이들에게 꼭 필요한 선생님은 국·

영·수 과목을 머리에 잘 주입해 성적을 올려주는 족집게 선생님이 아니라, 약속한 시각에 꼭 찾아와 아이들의 눈높이에서 놀아주고 그들의 이야기를 잘 들어주는 선생님이었다.

공부방 입구에는 아이들의 장래 희망이 적힌 카드가 붙어 있다. 축구 선수, 디자이너, 학교 선생님 등 다양하지만 많은 아이들의 꿈이 '의사 선생님'이다. 그래서 해마다 5월에 열리는 의과대학 축제에 아이들을 초대했다. 해부학 실습실에 가서 인체 모형도 만져 보고, 여러 가지 신체 진찰 체험도 했다. 공부방에 자원봉사 오는 의대생 형, 언니들을 만나 손을 잡고 의과대학 구석구석을 구경하기도 했다. 그래도 아이들에게 가장 기억에 남는 건 의과대학 견학 후 중국집에서 가진 자장면 파티였다.

초겨울이 오면 동네 소아청소년과 선생님의 도움을 받아 예방 접종도 했다. 주사를 먼저 맞지 않겠다고 티격태격하기도 하고 주사를 맞은 후에는 아프다고 엄살을 부리기도 했다. 손 씻기, 양치하기 등 개인위생 교육은 수시로 진행했다.

자녀들을 공부방에 맡기고 일하시는 어머니들로부터 고맙다는 말씀을 많이 들었다. 아이를 혼자 집에 두면 일이 손에 잡히지 않는데, 공부방에서 밥도 챙겨주고 공부도 봐주니 마음을 놓고 일할 수 있다고 하셨다. 그런 말씀을 들으면 오히려 좀 더 아이들을 위해 노력했어야 했다는 생각이 들어 죄송한 마음이 들었다. 2017년 1월부터 발개돌이 공부방은 장소를 대구시 한복판으로 옮기고 '발개돌이 학교'로 확대 운영 중이다. 이제는 대구지역 북한이탈주민의 자녀라면 누구나 이용할 수 있게 되었다.

대구의 한구석에 있던 작은 공부방이었지만 발개돌이 공부방은 북한이탈주민 자녀들의 따뜻한 보금자리가 되어주었다. 언젠가는 맞이할 통일 시대에 발개돌이 공부방에서 함께 뛰어놀았던 아이들이 큰 역할을 할 것이라 믿는다.

2013년 10월, 통일음악회 무대에 아이들과 함께 섰다. 한 달 가까이 정말 연습을 많이 했다. 아이들의 무대복 입은 모습이 너무나 예뻤다. 우리가 연주할 곡은 〈우리의 소원〉이었다. 오카리나로 1절을 연주한 후 합창을 하기로 되어 있었다. 오카리나 연주는 완벽했다.

"우리의 소원은 통일~ 꿈에도 소원은 통일~ 이 정성 다해서 통일~"

아이들과 입을 맞춰 부르다가 갑자기 목에 메어 더 부르지 못했다. 눈시울이 붉어졌다. 우리 씩씩한 발개돌이들은 우렁찬 목소리로 "통일이여 오라~"라는 마지막 소절까지 씩씩하게 불렀다. 아이들에게 고마워서 또 눈물이 났다. 그런데 노래를 마치고 눈을 들어보니 앞쪽 관객석에 앉은 부모님들도 눈물을 흘리고 계셨다. 관객 중에도 눈물을 닦고 있는 분이 적지 않았다.

우리 겨레에게 '통일'은 이런 마음이 아닐까?

4부

내가 꿈꾸는 세상

주치의가 필요하다

진료를 마친 환자분이 탐탁지 않은 표정으로 진료실 문을 나섰다. 간호사에게 물어보니, 알레르기 비염이 의심되므로 다음에는 다니던 동네 의원에서 치료를 받으라는 나의 말에 언짢아했다고 한다. 한때는 이런 일에 마음이 쓰이기도 했지만 이제는 무덤덤해졌다. 가까운 의원에서 치료가 가능한 질병임에도 대학병원을 찾는 환자가 적지 않기 때문이다.

2000년대 들어 가장 내 기억에 남는 올림픽은 2012년 런던에서 개최된 하계 올림픽이다. 가난을 이겨낸 양학선 선수의 고난도 도마 기술에 감동했고, 교통사고 후유증을 딛고 일어선 장미란 선수의 바벨을 향한 마지막 입맞춤에 함께 눈물을 흘렸다. 그러나 가장 인상적이었던 것은 한 편의 영화와 같았던 개막식이었다. 그중에서도 영국의 무상의료제도 NHS(National Health Service)를 전 세계에 자랑하던 모습은 아직도 기억에 생생하다. NHS 소속 간호사와 천진난만한 어린이가 병상 옆에서 하나가 되어 춤추던 모습 속에는 자국의 공공의료제도에 대한 영국인의 자부심이 오롯이 배어 있었다. NHS는 빈부에 관계없이 의료가 필요한 모든 사람에게 무상으로 제공되는 영국의 의료제도다. 이러한 영국 NHS의 성공 배경에는 오랜 역사의 주치의 제도가 있다.

'주치의 제도'란 국민이 주치의를 정하고 종합적으로 건강관리를 받는 제도를 말한다. 영국 국민은 누구나 주치의를 둘 수 있고 바꿀 수 있다. 아플 때만 주치의를 찾아가는 것이 아니라 수시로 건강 문제를 상담한다. 상급 병원으로의 전원도 주치의가 결정한다. 주치의는 자신에게 등록된 주민이 건강할수록 인센티브를 받는다. 진료까지의 긴 대기 시간 등 그동안 제기됐던 문제점은 여러 번의 개혁을 통해 개선됐다. 프랑스도 2005년부터 주치의 제도를 도입하는 등 영국의 의료 시스템은 이제 많은 국가의 벤치마킹 대상이 됐다.

이 제도에서는 전문적으로 1차 의료를 수련 받은 주치의가 환자의 치료를 책임지므로 환자는 적정한 시기에 적정한 치료를 받게 된다. 아울러 병이 발생한 특정 장기만이 아니라, 몸 전체에 대한 치료와 돌봄이 가능해진다. 또 주치의는 환자의 병력, 가족력, 사회경제적 상태에 대한 자료까지 체계적으로 관리하게 된다.

그러나 지금 우리 국민은 자신의 증상에 따라 스스로 동네 병·의원을 선택한다. 의사가 마음에 들지 않으면 이 병원 저 병원으로 닥터 쇼핑을 즐긴다. 이처럼 국민의 의료 선택권은 높지만, 이러한 선택권이 국민 건강에 도움이 됐다는 증거는 없다. 주치의 제도 하에서 당연히 주치의가 맡게 되는 질병 예방과 건강 관리 역시 우리나라에서는 개개인에게 맡겨져 있다. 이 사각지대를 노린 대형병원은 수백만 원짜리 건강검진 상품까지 진열해 놓고 불안한 마음의 국민을 유혹하고 있다.

주치의 제도는, OECD 국가 중 선두에 오를 정도로 심각한 우리의 의료비 증가 속도에도 제동을 걸 수 있다. 우리나라 의료비 증가의 원인으로 일부 국민의 과다한 의료 이용과 일부 의사의 과잉진료가 지적되고 있다. OECD '건강통계 2015'에 따르면 실제로 2013년 기준 우리 국민의 연간 의사 방문 횟수는 14.6회로 OECD 평균 6.7회에 비해 월등히 높다. 주치의 제도가 시행돼 주치의가 '문지기' 역할을 한다면 불필요한 중복

진료와 무분별한 대형병원 이용을 줄여 의료비 증가를 막을 수 있을 것이다.

주치의 제도는 향후 5~6년 주기로 반복될 것으로 예상되는 감염병의 유행에 대비하기 위해서도 꼭 필요하다. 코로나19의 급속한 확산으로 많은 국민들이 불안해 했다. 대구지역 상급종합병원 응급실이 연이어 폐쇄되자 불안감은 공포로 바뀌었다. 국민들은 코로나19 감염증의 증상과 유사한 감기 증상이라도 발생하면 어떻게 대처해야 하는지 혼란스러웠다. 1339(질병관리본부 콜센터)나 보건소에 전화해도 잘 연결되지 않았고, 통화가 되어도 명쾌한 답을 듣지 못할 때가 적지 않았다. 이렇게 답답할 때 궁금한 점을 언제라도 상담할 수 있는 주치의가 가까이에 있었다면 혼란을 훨씬 줄일 수 있었을 것이다. 온라인을 통한 주치의와의 문진으로 불필요한 의료기관 방문을 줄여 감염병 전파를 억제하는 데도 효과적이었을 것이다.

코로나19 감염증으로 인한 사망자를 분석해보면 대부분 만성질환을 앓고 있었다. 이러한 결과는 개개인의 만성질환 관리 등 주민들의 건강을 포괄적으로 살피는 주치의가 꼭 필요하다는 것을 보여준다. 아울러 이번에 강조된 개인위생과 생활 방역도 주치의가 있다면 평소에 교육과 훈련이 가능하기에 감염병 예방에 큰 도움이 될 것이다.

알레르기 비염을 동네 의원에서 치료 받으라고 했다는 이유로 외래 진료실에서 얼굴을 붉혔던 환자도 평생 자신의 건강을 믿고 맡겨온 주치의가 있었다면 대학병원까지 와서 한 시간 대기하고 3분 진료를 받는 고생을 피할 수 있었을 것이다. 주치의는 대통령이나 재벌 총수에게만 필요한 것이 아니다.

힘내라,
국민건강보험

"상상이 아냐. 임마. 지금 막 작문에서 본 어떤 소년의 호소야. 호소가 아니라 참 희망이었던가. 빌어먹을! 그런 걸 다 희망이라고 부르다니. 소년은 「나의 희망」에서 뭐랬는지 알아? 어떡하든 의료보험에 가입할 수 있는 큰 공장에 취직이 돼서 어머니를 병원에 모시고 갈 수 있는 게 새해의 가장 큰 소망이라는 거야."

박완서의 소설 『오만과 몽상』의 주인공인 의대생 현이 야학에서 봉사 활동을 하다 우연히 읽은 한 가난한 학생의 글을 이야기하는 부분이다.

이처럼 의료보험이 처음 시작된 1977년 무렵, 의료보험증이 있는 집은 그야말로 선망의 대상이었다. 출범 시에는 500인 이상 사업장의 노동자와 부양가족만 적용 대상이었다. 이후 단계적 확대를 통해 1989년 7월 1일, 마침내 전 국민 의료보험 시대가 열렸다.

30여 년 역사의 국민건강보험은 전 세계로부터 좋은 평가를 받고 있다. 단일 보험 내에 모든 국민과 모든 의료기관이 포괄되어 있어 운영에 효율적이다. 아울러 능력대로 보험료를 내고 필요한 만큼 혜택을 받기에 고통을 함께 나눈다는 사회연대의 원리에도 부합한다.

코로나19의 전 세계적 확산 속에서 우리나라는 방역 모범국가로 평가받고 있다. 여러 가지 요인이 있겠지만 국민건강보험의 역할도 컸다. 국민건강보험의 재원으로 바이러스 검사에 드는 비용을 지원하여 조기 진단이 가능했기에 코로나19의 확산을 막을 수 있었다. 확진 환자의 치료에 드는 비용 또한 대부분 국민건강보험이 부담해 환자들이 감염병과 경제적 부담이라는 이중고를 겪지 않을 수 있었다. 우리와 같은 국민건강보험이 없는 나라의 국민들이 코로나19 확산을 맞아 겪는 고통은 외신을 통해 쉽게 접할 수 있다.

그러나 흠결도 적지 않다. 국민건강보험의 보장률은 아직도 70퍼센트를 밑돌고 있다. 이처럼 낮은 보장률로 인해 환자가 부담해야 하는 의료비가 너무 많다. '2014년 국민건강영양조사'에 따르면 치료가 필요한데 경제적 이유로 병·의원을 찾지 못하는 사람이 계속 늘고 있다.

이러한 의료비에 대한 불안을 파고든 것이 바로 '민간의료보험'이다. 태아보험에서 실버보험까지, 그 시장은 갈수록 커져만 간다. 민간의료보험의 비싼 보험료는 서민 가계에 부담이 된 지 오래고, 경제적 수준에 따른 '의료 이용의 불평등'까지 초래하고 있다. 더 큰 문제는 민간의료보험이 국민건강보험을 무력화시킨 후 그 역할을 차지하려는 '의료 민영화'의 치밀한 전략을 세우고 있다는 점이다.

지난 2005년부터 암 환자에 대한 보장성 강화 정책이 시행되었다. 암 진단을 받으면 본인 부담금 중 5퍼센트만 내면 된다. 암 환자의 의료비 절감에 도움이 되었음은 물론이고 민간의료보험 가입에 따른 암 보험료 지출 역시 감소했다. 국민건강보험의 보장성 강화가 민간의료보험의 확산을 막을 수 있음을 보여준 대표적 사례다.

가난한 사람을 위해 평생을 바친 장기려 박사는 한국전쟁 당시 부산에 천막병원을 열고 피난민을 치료했다. 가난하고 병든 이들을 장기적으로 도울 방법을 고민하던 그는 우리나라

의료보험의 효시라 할 수 있는 '청십자의료보험조합'을 만든다. 그리고 전 국민 의료보험이 시작될 때까지 21년간 병들고 가난한 이들의 마지막 보루가 되어주었다.

> 가난한 환자를 구제하고, 조합원 서로가 돕는 정신을 가지며, 질병과 경제적 부담을 극복하고 사랑으로 가득 찬 사회를 만든다.

청십자의료보험조합의 설립 목표다. 새로운 30년을 준비하는 국민건강보험이 나아가야 할 길을 여기에서 찾을 수 있지 않을까?

힘내라, 국민건강보험.

'영리 유전자 검사'에 대한 유감

'유전(遺傳)'이란 부모가 가지고 있는 특성이 자식에게 전달되는 현상을 말한다. 얼굴 형태 등이 자식에게 전달되는 현상은 고대부터 알려져 있었지만, 뚜렷한 개념은 없었다. 마침내 오스트리아의 수도사였던 그레고르 멘델(G. J. Mendel)이 완두콩을 이용한 실험을 통해 '멘델의 법칙'이라는 유전 원리를 밝혀냄으로써 '유전'이라는 단어는 과학적 지위를 얻게 되었다.

멘델의 법칙이 증명된 후 과학자들은 실제로 유전 물질이 무엇인지 찾아내는 데 집중했다. 결국 우리 몸을 구성하는 세포핵 속 염색체에 유전 물질이 있음을 밝혀냈고 이를 '유전자'

라 불렀다. 마침내 1953년 왓슨(J. D. Watson)과 크릭(F. Crick)이 유전자를 구성하는 DNA 이중나선 구조를 밝혀 유전형질이 전달되는 기전이 알려지기 시작했다.

유전이라는 현상이 DNA에 존재하는 유전자의 물리적 법칙에 따른다는 사실이 증명되면서 생물학은 한 단계 도약했다. DNA 복제를 통해 같은 생물 개체도 만들게 되었고, 식물의 품종 개량으로 생산 증대를 가져왔다. 의학 분야에서도 많은 유전병의 원인을 알아낼 수 있게 되었다.

그러나 유전학의 발전은 인류를 유전학적으로 개량하는 것을 목적으로 하는 우생학(優生學)의 발생도 가져왔다. 나치가 시행했던 비인권적인 우생정책은 엄청난 희생을 초래했다. 평등한 인간을 '적격자'와 '부적격자'로 나누고 '차이'를 '차별'했던 우생학은 홀로코스트와 같은 오명을 남기고 역사의 뒤안길로 사라져갔다. 하지만 최근 유전자 검사를 통한 '신 우생학'이 나타날 조짐을 보여 우려스럽다.

프랜시스 골턴(Francis Galton)은 19세기 영국의 유전학자이자 우생학의 창시자다. 그는 인간의 유전적 자질을 향상시켜 유토피아를 건설하려 했다. '캔세이웨어'는 그가 쓴 소설 「어디에도 없는 곳」에 나오는 우생학이 실현된 이상향이다. 소설 속 주인공은 이곳에서 한 여성과 사랑에 빠진다. 하지만 그녀와 결혼하기 위해서는 키, 몸무게, 시력, 청력, 치아 상태는 물론이고 선조의 가계, 미학적·문학적 재능까지 측정하는 '유전적 소질 평가'라는 엄격한 시험을 통과해야 했다. 그런데 소설 속 이야기가 우리의 현실로 다가올지도 모른다는 우려가 커지고 있다.

산업통상자원부는 2019년 2월 '규제 특례'를 부여해, 의료기관이 아닌 유전자분석기업에서 소비자에게 직접 의뢰를 받아 유전자 검사를 수행하는 '소비자 직접 의뢰 유전자 검사(DTC, direct to consumer, 일명 '영리 유전자 검사')' 항목을 대폭 확대했다. 이미 2016년 체질량 지수, 피부 탄력, 비타민 C 농도, 카페인 대사 등 12개 항목의 46개 유전자에 대해 DTC 검사가 허용되었다. 여기에다 관상동맥질환, 고혈압, 당뇨병, 위암 등 13개 질병을 이번에 추가해 DTC 검사를 더욱 확대하겠다는 것이다.

확대 결정이 내려지기 몇 개월 전부터 대통령 직속 국가생명윤리위원회에서 '영리 유전자 검사'의 확대에 대한 우려를 표했지만 무시되었다. 최근 보건복지부가 내놓은 DTC 유전자 검사 허용 권고 항목에는 롱다리 유전자, 아침형 인간, 새치, 탈모, 비만, 와인 선호도까지 포함되어 있다.

임상적 의미가 불분명한 이러한 유전자 검사는 관련 기업들의 이윤 증대에는 도움이 되겠지만 국민 건강의 측면에서 과연 무슨 의미가 있을까? 건강하게 더 오래 살기를 바라는 마음은 인지상정이기에 국민들의 유전자에 대한 호기심을 자극해 이윤을 챙기려는 기업들의 호객 행위는 더 늘어날 전망이다.

이번 영리 유전자 검사 확대의 가장 큰 문제점은 과학적 타당성과 의학적 근거가 부족하다는 데 있다. 대부분의 질병은 수많은 유전자의 상호작용과 주변 환경의 영향을 받아 발병한다. 단적으로 피부 노화 관련 유전자만 서른 가지가 넘는다. 미국 노스캐롤라이나대학의 연구에 따르면 사람의 키를 결정하는 유전자도 확인된 것만 수십 가지에 이르는데, '롱다리 유전자' 하나를 검사하는 것이 과연 무슨 의미가 있을까?

아울러 유전자 검사에서 한 가지 특정 유전자가 확인된다고 해서 그 질환의 발병을 뜻하는 것도 아니다. 인간이 가지고 있는 3~4만 개의 유전자 중 몇 개를 검사해 질병 발병의 위험도를 평가하기에는 과학적 타당성이 부족하다. 일본 인류유전학회는 유전자 검사가 과학적 타당성이 거의 없음에도 과대 홍보되어 우려스럽다며 강력한 규제를 요구하기도 했다.

또한 이런 유전자 검사는 미래에 특정 질환이 발병할지도 모른다는 막연한 불안감만 부추겨 불필요한 치료 및 약물 오남용으로 이어질 수 있어 더 걱정이다. "모르는 게 약"인데 알아서 오히려 병이 되는 경우도 있을 수 있다.

검사 비용 또한 만만치 않다. 서민들은 유전자 검사에서 소외될 수 있고, 이는 가진 자와 가지지 못한 자 간의 위화감을 불러올 수 있다. 민간보험회사는 유전자 검사 결과에 따라 보험료를 차등 적용할 가능성이 있고, 특정 유전자가 확인되면 보험 가입을 거부하거나 보험료를 올려 받을 수도 있다. 기업들 역시 직원 채용 기준에 유전자 검사를 넣어 취업 기회의 차별을 둘 수도 있다.

소설 「어디에도 없는 곳」의 이야기처럼 배우자를 선택할 때도 유전자의 질을 먼저 파악하는 '유전자 궁합'의 시대가 곧 도래할지 모른다. 더 큰 걱정은 유전자가 좋은 유전자와 나쁜 유전자로 나뉘면서 인간의 존엄성은 사라지고 새로운 '유전자 우생학'이 나타나지 않을까 하는 점이다.

국가의 경제도 기업의 이익도 국민의 건강과 생명보다 중요하지는 않다. 이제부터라도 유전자 검사 항목을 엄격히 제한하고 '유전 상담'을 통해 신중하게 유전자 검사가 이루어져야 한다. 아울러 영리 유전자 검사의 항목 확대는 과학적 근거와 안전성을 기준으로 재검토되어야 한다.

누구를 위한 영리병원인가

"비염으로 알레르기 검사만 했을 뿐인데 병원비가 700달러 넘게 나왔어요."

2016년 미국의 한 대학병원 외래 진료실에서 들었던 환자의 하소연이다. 어림잡아 계산해보니 우리나라보다 열 배 넘게 비쌌다. 하지만 진료를 하던 의사는 태연하게 말했다.

"병원 보험 담당자와 상담해보세요."

세계보건기구는 지난 2000년 미국은 의료비가 가장 비싸지만 의료제도의 수준은 191개국 중 72위에 그친다고 평가했다. 선진국 중 드물게 '전 국민 의료보험'이 없는 나라가 미국이다. 국민들이 민간의료보험에 각자 가입해야 하는데 보험료도 매우 비싸다.

오바마 전 미국 대통령은 임기 중 한국의 국민건강보험제도를 극찬한 바 있다. 그는 미국 모든 국민의 건강보험 가입 의무화를 핵심으로 하는 개혁 법안 '오바마케어(환자 보호 및 부담 적정 보험법)'를 시행했다. 실제로 오바마 대통령 임기 동안 미국인들의 건강보험 가입률이 많이 상승했다. 그러나 오바마케어를 눈엣가시처럼 여기는 공화당의 트럼프가 2016년 11월 미국 대통령에 당선되면서 제도의 유지 자체가 위기에 처했다. 지금도 미국 전체 인구의 10퍼센트 정도는 건강보험 없이 의료의 사각지대에 놓여 있다.

미국에는 우리나라에 없는 '영리병원'도 적지 않다. 우리나라에서는 영리병원이 제도적으로 금지되어 있다. 병원 수익을 시설 확충이나 연구비 등에 써야 하는 비영리병원과 달리, 영리병원은 아픈 사람에게서 번 돈을 투자자에게 배당하는 '주식회사병원'이다. 환자보다 주주의 이익이 우선이므로 병원비는 비싸고 의료 인력은 적다. 실제로 병원비가 비싼 미국의 50개 병원을 뽑아보니 그중 49개가 영리병원이었다.

우리나라의 자본도 그동안 집요하게 영리병원 허용과 민간 의료보험 판매를 요구해 왔다. 1990년 전후, 마침내 비영리법인 형태의 겉모양을 한 재벌병원이 허용되고 말았다. 우려했던 대로 인센티브제 등 기업 마인드가 병원에 접목되기 시작했고, 다른 병원으로도 퍼지고 말았다.

2007년부터는 민간의료보험인 실손의료보험 상품 판매가 허용되어 날개 돋친 듯 팔려나갔다. 건강보험정책연구원의 2015년 조사에 따르면, 우리나라 10가구 중 9가구꼴로 실손보험에 가입해 있고 월평균 31만 원의 보험료를 내고 있다. 국민건강보험제도를 시행하고 있지만, 보장성이 낮다 보니 많은 국민들이 불안한 마음에 실손보험에 가입하고 있는 것이다. 가계의 실질적 의료비 부담을 가중시키는 요인 중의 하나다. 의료 현장에서는 실손보험이 과도한 검사 및 불필요한 처방을 유도하는 의료의 왜곡 현상도 불러오고 있다.

건강할 권리는 가난한 사람이든 부유한 사람이든 누구나 누려야 하는 인간의 기본권이다. 따라서 의료는 상품화되면 안 된다. 의료는 국가가 보장해야 하는 공공재라는 인식이 필요하다. 의료가 의학적 필요가 아니라 자본의 이윤 추구를 위해 행해진다면 의사와 환자 사이의 신뢰마저 무너지게 된다.

2015년 12월 보건복지부는 국내 첫 영리병원 사업계획을 승인했다. 사업 주체인 중국 부동산개발업체 녹지그룹은 2016년 4월부터 서귀포시 헬스케어타운에 47개 병상 규모의 녹지국제병원을 조성했다. 건강보험 환자는 받지 않고, 피부 관리, 미용 성형이 중심인 영리병원의 설립에 대해 제주도민 10명 중 7명 이상이 반대했다. 최종적으로 제주도민들이 모여 숙의형 공론조사위원회를 열고 영리병원은 제주도에 필요 없다는 결론까지 내렸다. 그런데도 원희룡 제주도지사는 2018년 12월 우리나라 최초의 영리병원을 허용하고 말았다.

영리병원은 투자자들에 대한 이윤 배당을 가장 큰 목적으로 하기에 병원 인건비와 재료비 등을 줄여 의료 서비스의 질이 저하될 우려가 크다. 또한 주변 병원의 의료비를 순차적으로 상승시키는 '뱀파이어 효과'의 진원지가 될 수 있다. 제주에만 그치는 것이 아니라 영리병원을 전국으로 확산시키는 시발점이 될 가능성도 크다. 가장 큰 걱정은 국민건강보험 체계의 근간까지 흔들 수 있다는 점이다. 부유층이 건강보험 혜택이 없는 영리병원을 주로 이용하면서 국민건강보험에서 민간 의료보험으로 이동하게 되면 국민건강보험의 재정이 악화될 수 있기 때문이다.

2019년 2월 23일 '영리병원 철회를 위한 보건의료인 희망 비행기'에 나도 몸을 실었다. 제주시청 앞에서 열린 집회에 참여해, 전국에서 모인 의사, 약사, 치과의사, 한의사, 의대생들 그리고 제주도민과 함께 영리병원 철회를 바라는 마음으로 촛불을 들었다. 2019년 3월 마침내 제주도가 국내 첫 영리병원인 녹지국제병원의 허가 취소 절차에 들어갔다. 천만다행이었다.

5년 전 서귀포에 출장을 갔다가 머리를 다친 환자를 119 대원과 함께 이송한 적이 있다. 가까운 공공병원인 서귀포의료원이 열악해 제주시내 병원까지 40분을 달려야 했다. 서귀포의 산모들은 분만을 위해 한라산을 넘고 있다고 했다.

공공의료 인프라가 부족한 제주도민에게 그리고 코로나19로 고통 속에 있는 모든 국민에게 절실하게 필요한 것은 '영리병원'이 아니라 '공공병원'이다.

다시 하나 되기 위한 준비

"나의 살던 고향은 꽃 피는 산골… 그 속에서 놀던 때가 그립습니다."

2018년 4월 말 판문점 남북정상회담 만찬장에서 남녘 어린이가 부른 〈고향의 봄〉을 듣다가 나도 모르게 눈시울이 붉어졌다. 지난 2008년 어린이종합병원 건립에 힘을 보태고자 북한을 방문했을 때 다시 만날 것을 약속하며 남과 북이 마지막 날 함께 불렀던 노래도 바로 〈고향의 봄〉이었기 때문이다. 그러나 어린이병원 완공 이후 10년 간 남북 관계가 꽁꽁 얼어붙어 북녘 어린이들을 다시 만날 수 없었다.

다행스럽게도 2018년 세 차례 남북정상회담이 열렸다. 꺼져가던, 북녘 아이들을 다시 만날 수 있다는 내 마음속 희망의 불씨를 살릴 수 있었다.

1989년 11월 9일, 동서독을 가르던 베를린 장벽이 무너져 내렸다. 1970년대 초반부터 서독은 동독에 대한 인도적 지원을 지속했다. 이를 바탕으로 한 동서독 간의 꾸준한 교류와 협력이 통일의 밑거름이 되었다.

특히 보건의료 분야가 동서독 교류의 물꼬를 텄고 통일의 초석이 되었다고 한다. 1974년 '동서독 보건협정'으로 시작된 교류와 협력은 통일 이후 독일 사회의 건강 불평등을 줄이는 데도 큰 역할을 했다는 평가를 받았다.

그러나 통일에 따른 후유증도 적지 않았다. 통일 전 동독에는 전국적으로 잘 조직된 국립병원들이 있었지만 통일이 되면서 모두 민영화되고 말았다. 그 부담은 통일 독일 국민들의 몫이 되었고, 동독 출신에게는 과거에 대한 향수인 '오스탈기'를 불러일으켰다. '오스탈기'란 동쪽을 뜻하는 독일어의 Ost와 영어의 노스탤지어(Nostalgie, 향수)가 결합된 말이다. 통일을 준비하는 우리에게 주는 교훈이 크다.

70여 년이라는 분단의 역사는 남북 간 보건의료 분야에서도 큰 차이를 낳았다. 남한은 전 국민 건강보험체계를 갖추었고, 북한은 사회주의 무상의료체계를 갖추었다. 그러나 북한은 1990년대 구소련 체제의 붕괴와 잇따른 자연재해로 큰 어려움을 겪었다. 그 결과 남북 간 기대수명이 10년 이상 차이가 나는 등 여러 보건지표에서 건강 격차가 커졌다.

남과 북이 그동안 몰랐던 서로를 알아가고 차이를 이해하며 배려하는 것이 통일 준비의 시작일 것이다. 사람 간의 접촉을 통해 관계를 만들어가는 보건의료 분야의 교류와 협력이야말로 통일의 마중물이 될 수 있다.

남북한도 '보건의료협정'을 통해 교류와 협력의 기틀을 만들고 건강 격차부터 줄여야 한다. 북한이 원한다면 어린이 영양개선사업, 의약품 지원 등 인도적 지원에 나서고 병원, 제약공장 등 보건의료 인프라 재건도 도와야 한다. 남북 보건의료 분야 연구·개발(R&D) 추진도 새로운 교류의 방식이 될 수 있다.

북한은 남과 북의 보건의료를 발전시키는 데 꼭 필요한 파트너다. 이제는 일방적 지원이 아니라 상호 협력의 관계로 나아가야 한다. 현재의 의료 인프라는 남녘이 다소 앞서 있을지 모르지만 북녘은 합리적인 보건의료체계를 갖추고 있다. 북한의 장점은 우리가 배워야 한다. 지난번 방북 때 둘러보았더니 북녘은 '의사담당구역제'를 시행하고 있었다. 동네마다 서너 명의 의사가 배치된 진료소가 있었다. 북한식 주치의 제도였다. 세계적으로 훌륭한 보건 시스템으로 인정 받는 쿠바의 주치의 제도인 '콘술또리오(consultorio)'와 유사한 시스템이었다.

통일 이후의 새로운 보건의료체계를 미리 준비하는 과정에서 북한의 보건의료제도를 남한식으로 바꾸려는 접근은 위험하다. 남과 북 서로의 장점을 살리는 새로운 보건의료체계를 만들어가야 한다.

전쟁과 분단의 상처로 인해 남녘과 북녘 사람들의 '마음의 장벽'이 '휴전선 철망'보다 높을지 모른다. 그러나 보건의료 분야의 지속적인 교류와 협력을 통해 서로 온정을 나눈다면 분단의 장벽은 서서히 허물어지고 다시 하나가 될 수 있을 것이다.

통일은 정치의 문제가 아니라 사람의 문제다.

간호사가 행복해야 환자도 행복하다

2018년 설 명절, 서울 대형병원의 신규 간호사가 스스로 목숨을 끊었다. 간호사의 꿈에 부풀어 찍었던 병원 신분증 사진은 영정 사진이 되고 말았다. 많은 이들은 '태움' 문화가 한 간호사를 죽음으로 내몰았다고 했다.

'태움'은 선배 간호사가 신규 간호사를 가르치는 과정에서 가하는 정신적·육체적 괴롭힘을 말한다. '영혼이 재가 되도록 태운다'는 뜻에서 알 수 있듯이 명목상 엄격한 교육이지만 신규 간호사에게는 과도한 인격 모독으로 다가올 때가 많다. 간호사의 41.4퍼센트가 태움을 경험했고, 신규 간호사가 사직하는 가장 큰 이유 역시 태움이다.

'태움'은 선배 간호사 개인의 인성 부족 때문만은 아니다. 병원의 만성적인 간호 인력 부족과 열악한 근무 환경이 태움이라는 병폐를 만들어 낸 주범이다. 충분한 임상 교육을 받지 못한 신규 간호사나 과도한 업무에 지친 채 후배 교육까지 도맡아야 하는 선배 간호사 모두 피해자이다.

건강보험심사평가원이 2018년 발표한 「OECD 통계로 본 한국 의료자원 현황과 주요 이슈」를 보면 우리나라에서 실제로 활동하는 간호사는 인구 1천 명당 6.8명으로 OECD 국가 평균(8.9명)에 크게 못 미친다. 간호사 한 명당 환자 수가 적을수록 감염률과 사망률이 감소한다는 사실이 입증되어 있지만, 병원은 인력 대신 돈벌이가 되는 시설과 장비에 투자한다.

환자의 건강을 돌보는 직업이지만 정작 자신의 건강은 돌볼 겨를이 없어 많은 간호사가 위염, 수면장애, 만성 스트레스 등에 시달린다. 각종 평가, 병원 행사, 심지어 송년회 장기자랑 등 간호와 상관없는 업무에 끝없이 동원된다.

김나경 감독의 단편영화 〈내 차례(My turn)〉는 간호사의 '임신 순번제'를 다루었다. 영화에서 병원은 여성 인권의 사각지대로 비쳐 충격을 주었다. 임신 순번제 역시 병원의 인력 부족에 따른 간호사들의 궁여지책이다. 인력 공백의 해결은 병원의 몫임에도 임신한 간호사가 죄인이 된다.

자신의 차례가 아닌데 임신한 주인공이 수간호사에게 그 사실을 알리자 "한 명 빠지면 모두 힘들다"며 슬그머니 산부인과 명함을 내민다. "빨리 정리해. 바퀴가 망가지면 자전거가 제대로 못 굴러가는 거야." 선배 간호사의 말에 후배 간호사는 흐느끼며 말한다. "바퀴가 아니라 자전거 전체가 고장 난 거 아닐까요?"

간호사가 제대로 돌봄을 받아야 그 돌봄을 환자에게 베풀 수 있다. 병원은 충분한 간호 인력 확보와 간호사 근무 환경 개선에 나서야 한다. 정부는 학교에서 배운 내용과 병원 업무 사이의 틈을 메울 수 있는 체계적인 간호사 교육 시스템을 갖추어야 한다.

'세계 간호사의 날'이었던 같은 해 5월 12일, 수많은 간호사들이 비를 맞으며 더는 침묵하지 않겠다고 외쳤다. 간호사들의 절규에 이제는 귀를 기울여야 한다. '바퀴'가 아니라 '자전거'를 고치는 일에 모두 힘을 모아야 한다. 간호사가 행복해야 환자도 행복하다.

백신 혐오와 홍역 유행

"예방접종 대신 수두 파티를 열자."

극단적인 자연주의 육아를 내세웠던, 회원 수가 6만 명이 넘는 한 인터넷 카페가 지난 2017년 내세운 주장이다. '자연면역' 획득을 위해 수두에 걸린 아이들과 일부러 접촉하겠다는 것인데, 심각한 합병증을 초래할 수 있어 위험한 생각이다. 백신에 대한 오해에서 비롯된 이러한 불신에는 의사들의 설명이 부족했던 탓도 있는 것 같아 반성이 되기도 했다.

'2016 국가예방접종사업 국민 인식 조사'에 따르면, 12세 이하 자녀를 둔 보호자 세 명 중 한 명이 '예방접종 무용론'을 접했고, 47퍼센트가 예방접종에 부정적 태도를 보이게 되었다고 했다. 영국에서도 MMR(홍역, 유행성 이하선염, 풍진) 백신이 자폐증의 원인일 수 있다는 논문이 발표된 후 백신에 대한 불신이 커졌다. 이 논문의 주장이 거짓임이 밝혀졌음에도 불신은 여전히 남아 있다. 2015년 세계보건기구의 「백신 기피에 대한 권고」에 따르면 매년 150만 명의 소아가 백신으로 예방 가능한 전염병으로 사망하고 있어 안타깝다.

전염병은 병원체가 인체에 침입하여 발생하는 질병이다. 사람에게서 사람으로 전파되기에 예방법과 치료법이 없던 과거에는 공포 그 자체였다. 감염되면 목숨을 잃을 수도 있고 병이 낫더라도 얼굴이 얽게 되는 천연두도 무서운 병이었다. 1796년 영국 의사 E. 제너는 "목장의 일꾼들은 천연두에 걸리지 않는다"는 속설을 토대로 소 전염병인 '우두'에 걸린 사람의 고름을 상처에 바르면 천연두가 예방됨을 발견했다. 이러한 종두법을 시작으로 많은 백신이 개발되고 항생제까지 등장해 인류의 수명이 많이 늘어났다.

2019년 초 미국 전역에서 홍역 환자가 370명 이상 발생했다. 홍역은 홍역 바이러스에 의해 감염되는 전염력이 높은 병이다. 호흡기 합병증과 뇌염까지 발생할 수 있다. 환자가 급증하자 뉴욕시는 '공공보건 비상사태'를 선포하고 브루클린 지역에 백신 강제접종 명령까지 내렸다. 프랑스는 2018년 한 해 동안 2,902명의 홍역 환자가 발생해 이 중 세 명이 사망했고, 이탈리아에서도 2,427명의 환자가 발생해 여덟 명이 사망했다.

1950~60년대 우리나라의 홍역 유병률도 매우 높았다. 그러나 홍역 백신 접종이 시작되면서 홍역 발생률은 크게 줄었다. 마침내 2006년 홍역 퇴치를 선언했다. 그런데 2018년 12월 우리나라에 갑자기 홍역 환자가 40명 발생해 보건 당국이 홍역을 앓았다. 당시 증상이 있었던 37명 중 36명이 홍역 예방접종을 하지 않았거나 불완전 접종을 한 환자였다. 그러나 대부분의 국민들이 홍역 백신 접종을 한 상태여서 광범위한 확산을 막을 수 있었다. 우리나라의 홍역 백신 접종률은 97~98퍼센트로 세계에서 최고 수준이다.

세계보건기구는 최근 개발도상국 및 미국, 유럽 등의 선진국에서 홍역이 유행하는 원인이 예방접종 기피 현상 때문이라고 보고했다. 미국 질병통제예방센터(CDC) 또한 뉴욕에서 홍역이 확산된 원인이 과학적 근거 없이 공포감을 조성해 백신을 거부하게 만들었기 때문이라고 밝혔다.

코로나19의 대유행을 맞아 전 세계가 백신이 개발되기만을 애타게 기다리고 있다. 백신도 치료제도 없는 감염병의 확산이 몰고 오는 공포를 실감했기 때문이다. 그런데 오랜 연구와 임상 시험을 통해 과학적으로 효과가 입증된 백신마저 혐오하고 기피하는 것은 공동체의 건강을 위해 아무런 도움이 되지 않는다.

대한소아청소년과 의사회는 2019년 2월 「홍역 국내 유행에 관한 제언」에서 백신 혐오를 우려하며 예방 접종의 중요성을 강조했다. "예방접종을 거부하는 행위는 접종을 받지 않은 아동의 건강은 물론, 그 아동과 접촉하는 다른 아동들의 건강까지 위협하고 있다." 예방접종 거부를 막기 위해 20대 국회 때 제출된 「감염병 예방 및 관리에 관한 법률」 개정안의 취지도 같은 맥락이다.

물론 백신이 향후 유행할 모든 감염병을 막아줄 수 있을지 미지수다. 하지만 백신은 나와 너의 면역을 높여 개인의 건강뿐만 아니라 우리 이웃들의 건강까지 지켜줄 수 있는 현재까지 최선의 방책이다.

면역은 사적 계좌인 동시에 공동의 신탁이다.

다수가 백신 접종을 하면 모두가 안전하다는 '집단면역'을 강조한 미국의 저널리스트 율라 비스가 그의 저서 『면역에 관하여』에 써 놓은 한 구절이 오늘 우리에게 주는 의미가 크다.

강아지 구충제 품절 사태

"선생님, 코딱지 먹으면 몸에 좋지요?"

비염으로 진료실을 찾은 한 초등학생이 자신에 찬 표정으로 물었다. 녀석 코에서 나온 큼직한 코딱지를 거즈로 닦으며 되물었다.

"어디에서 들었니?"

"뉴스에서 봤어요."

지난 겨울 진료실에서 강아지 구충제에 관한 질문을 많이 받았다. 2019년 9월, 미국의 한 60세 남성이 펜벤다졸이라는 성분이 포함된 강아지 구충제를 3개월 복용한 후 폐암이 완치되었다는 영상을 유튜브에 올렸기 때문이다. 이 소식은 암 환자들 사이에 온라인을 통해 급속도로 확산되었고 강아지 구충제가 동이 났다. 급기야 식약처와 의사협회가 복용 중단을 권고하고 나섰다. 사람을 대상으로 펜벤다졸의 효능과 안전성을 실험한 적이 없어 과량 복용하면 심각한 부작용이 우려된다는 것이었다.

그런데 강아지 구충제로 완치되었다는 환자의 의무기록을 살펴보면 면역항암제 등 다른 약물도 함께 처방했음을 알 수 있다. 따라서 펜벤다졸의 효과만으로 폐암이 사라졌다고 단정하기 어렵다. 이처럼 유튜브에 올라온 건강 정보는 믿기 어려운 내용도 있다. 클릭 횟수가 돈으로 연결되므로 놀랍고 자극적인 건강 정보라면 한번쯤 의심해볼 필요가 있다.

"막걸리가 위암 세포의 성장을 억제하고 종양의 크기도 줄인다."

2016년 3월 포털의 메인을 장식한 뉴스다. 논문을 찾아보니 막걸리에 함유된 베타시토스테롤이란 성분이 세포 및 동물 실험에서 위암 세포의 성장을 억제했다는 것이다.

세포 실험 결과는 신약 가능성의 가장 낮은 근거일 뿐이다. 이후 동물 실험과 사람을 대상으로 효능과 효과 및 안전성을 평가하는 까다로운 임상 시험을 통과해야 비로소 환자에게 쓸 수 있는 신약이 될 수 있다. 1만 개의 신약 후보 중 최종적으로 시판되는 것은 한 개 정도다. 시판 허가를 받은 이후에 조용히 사라지는 신약도 있다. 오랜 기간 천문학적인 연구개발비가 투자되어 1999년 마침내 국내 신약 1호인 '선플라'가 등장했지만, 약효와 안전성이 더 우수한 항암제에 밀려나고 말았다.

누구나 건강하게 오래 살기를 바라는 마음을 반영하듯 TV, 신문 등에는 건강 뉴스가 빠지는 날이 없다. 1인 미디어 시대의 도래로 건강 정보가 더 넘쳐난다. 이제는 의학적으로 검증이 되고 자신의 건강에 도움이 되는 '건강한' 건강 정보를 스스로 고를 수 있는 독해력을 길러야 한다.

강아지 구충제 사태가 의사들에게 던져준 숙제도 있다. 말기 암 환자들이 왜 의사들의 조언보다 환자의 경험담을 더 신뢰했는지 반성해봐야 한다. '카더라 통신'을 쉽게 믿고, 의학적 근거가 부족한 대체요법에 관심을 둔다고 답답해 할 것이 아니라 지푸라기라도 잡고 싶은 환자의 손을 잡고 더 소통해야 한다.

"코딱지를 먹으면 건강해진다."

초등학생이 봤다는 뉴스의 제목이다. 근거를 찾아보니 자원자를 대상으로 코딱지를 먹이자 일부 면역지표가 올라갔다는 허술하고 황당한 연구 결과였다. 코딱지를 후벼 파고 먹는 과정에서 감염의 우려가 더 크다.

환하게 웃으며 이렇게 대답하고 진료를 마쳤다.

"코딱지를 먹지 않아도 밥 잘 먹고 운동 열심히 하면 더 건강해질 거야."

어머니의 무릎

"병원에서 무릎 주사가 나왔다더라. 비싸긴 하다던데…."

어머니가 무뚝뚝한 아들의 눈치를 보며 어렵게 말을 꺼낸 건 몇 해 전 겨울이었다.

"연골이 닳아서 아픈 거라 방법이 없어요. 일 좀 그만하고, 아플 때 약 드세요. 살도 좀 빼시고요."

아들의 퉁명스러운 대답에 어머니는 무릎을 꾹꾹 누르더니 멋쩍게 웃으며 말했다.

"나도 그렇게 생각했어."

퇴행성관절염은 관절 연골의 퇴행성 변화로 염증과 통증

이 유발되는 병이다. 젊은 날 연골이 닳도록 일한 상처다. '황혼 육아'로 증상이 심해지기도 해 '손주병'으로도 불린다. 안타깝게도 연골을 재생하는 방법은 아직 없다. 약으로 통증을 조절하고 관절에 과부하가 되지 않게 생활 습관을 바꾸도록 권한다.

2017년 7월, 바이오 신약 '인보사'가 등장했다. 제조사인 코오롱생명과학은 유전자 조작 연골세포로 만든 한국 최초의 유전자 치료제라 했다. 고통 받던 환자들에게 한 줄기 희망이 되었다. 1회 주사에 700만 원을 넘는 고가였지만 일 년 남짓 동안 무려 3,700여 명이나 맞았다.

그런데 2019년 3월, 희망이 절망으로 바뀌고 말았다. 미국 식품의약국(FDA)의 세포 성분 검사요청 과정에서 인보사의 성분이 연골세포가 아니라 종양 유발 가능성이 있는 신장세포로 밝혀졌기 때문이다.

제조사는 세포가 바뀐 것을 몰랐다고 해명했지만 무책임한 변명이다. 약의 시판을 허가해준 식품의약품안전처의 책임도 크다. 1차 중앙약사심의위원회에서는 인보사의 시판이 불허됐다. 연골재생 효과도 없이 통증을 줄이기 위해 위험성이 있는 유전자 치료까지 할 필요가 없다고 판단했다. 그런데 무슨 이유에선지 두 달 뒤 재심의에서 허가되고 말았다.

인도주의실천의사협의회는 인보사를 맞은 86명을 대상으로 한 역학조사 결과를 2019년 10월 발표했다. 10명 중 6명은 통증의 호전이 없어 다른 치료를 받아야 했고, 절반 이상의 환자는 신장세포가 사용된 사실에 불안감을 호소했다. 주사를 맞기 전 "연골 재생 효과가 있다"는 과장된 설명을 들은 환자도 66.3퍼센트나 되었다. 이들의 불만과 불신은 병원과 의사를 향하고 있다.

바이오 신약, 바이오 헬스 등 '바이오' 광풍이다. 마치 만병통치약인 양 환자의 절박한 마음을 유혹한다. 그러나 '바이오'의 참뜻인 '생명'은 경시되고 돈이 중시될 때 환자에게 전가되는 억울한 고통이 얼마나 큰지 인보사 사태가 잘 보여주고 있다.

엄마의 오른쪽 무릎이 벌에 쏘인 것처럼 부어올라 있었다. 무릎 안쪽은 솜뭉치를 쑤셔 넣은 듯했다. 아니다. 그건 솜뭉치가 아니었다. 엄마가 버텨온 세월이 거기, 당신의 무릎 안쪽에 고스란히 고여 있었다.

이명랑의 소설 「엄마의 무릎」을 읽다가 이 대목에서 눈시울이 붉어졌다. 어머니 생각이 났다. 평생 가족을 위해 일하고 손녀까지 봐주시느라 연골이 닳아버린 어머니의 아픈 무릎을 한 번도 만져드리지 못했다. 어머니가 진정 원했던 건 비싼 주사가 아니라 아들의 따뜻한 손길이 아니었을까?

노인성 난청과 사회적 고립

"노안이라고? 난 아직 팔팔한데!"

작년부터 스마트폰의 글씨가 잘 안 보이더니 급기야 수술 때 봉합사가 흐릿해 보였다. 안되겠다 싶어 안과에 들렀다가 노안이라는 청천벽력 같은 선고를 받았다. 늙을 '노(老)' 자가 붙은 노안은 노년층의 질환이라 생각했기에 충격이 컸다.

"노안이 40대에도 올 수 있어요. 수술용 루페(Loupe, 확대경)를 끼면 잘 보일 거예요."

후배인 안과 의사의 위로를 듣는데 불현듯 그동안 나를 찾아왔던 노인성 난청 환자들이 떠올랐다.

"노인성 난청입니다. 청력은 40대부터 나빠져요. 보청기를 착용하시면 잘 들을 수 있으니 염려 마세요."

의사는 쉽게 난청을 말했지만, 환자는 '노인성'이라는 말을 쉽게 받아들이지 못하는 눈치였다. 그동안 그 마음을 잘 헤아리지 못했다.

'가는귀먹는다'는 노인성 난청은 퇴행성 변화에 의한 청력 감소를 말한다. 고령화 사회를 대표하는 노인성 질환 중 하나다. 70세 이상에서는 50~60퍼센트의 어르신들이 노인성 난청을 겪고 있다. 청력을 담당하는 귓속 달팽이관이 노화된 탓이 가장 크다. 담배와 술, 외상, 그리고 약물 복용도 노인성 난청의 위험을 높일 수 있다.

"눈이 멀면 사물에서 멀어지고, 귀가 멀면 사람에게서 멀어진다"는 헬렌 켈러의 말은 듣는다는 것이 삶에 얼마나 큰 영향을 미치는지 보여준다. 노인성 난청 환자들은 대인관계의 단절과 사회적 고립을 경험한다. 난청이 있으면 사람들과의 소통이 어려워 만남을 꺼리게 되고 따라서 사회생활도 점점 줄어든다. 남의 이야기를 잘 알아듣지 못하고 딴소리를 해 '사오정'이란 놀림을 받기도 한다.

귀로 들어오는 소리는 달팽이관을 거쳐 뇌에 전달되어 기억을 관장하는 해마나, 기쁨·불안 등의 감정에 기초가 되는 편도체 등 대뇌변연계를 자극한다. 노인성 난청을 앓게 되면

이 자극이 줄어들어 치매나 우울증이 발생할 수 있다. 실제로 노인성 난청 환자의 약 20퍼센트가 우울증을 겪고 있다는 보고도 있다. 미국 존스홉킨스의대의 연구 결과 노인성 난청 환자는 정상 노인보다 치매 발생률도 2~6배나 높았다.

안타깝게도 노인성 난청 환자의 청력을 회복시킬 방법은 아직 없다. 소리를 증폭시켜주는 보청기를 착용해 난청으로 인한 불편을 덜고 청력 손실의 진행을 막는 재활치료가 현재까지는 최선이다. 미국노인협회 조사를 보면, 보청기를 착용한 2,300명 중 50퍼센트 이상에서 '삶의 질'과 '삶에 대한 자신감'이 향상되었다.

그러나 높은 빈곤율 속에 힘겹게 살아가는 한국의 노인들에게 보청기 구매 비용은 큰 부담이 되고 있다. 현재는 청각장애 진단을 받아야만 보청기 구매 시 건강보험의 혜택이 있다. 보청기가 필요하지만 청각장애 기준에 못 미쳐 사각지대에 놓인 어르신들이 적지 않다. 2014년 보건복지부 조사에 따르면 청력이 저하된 노인 중 보청기를 착용하고 있는 비율은 20퍼센트에도 못 미쳤다.

삶의 질이 보장되는 노년의 삶을 위해 노인성 난청 환자들에 대한 보청기 건강보험 급여 확대가 시급하다. 더불어 보청기 착용을 부끄러운 일로 여기는 우리 사회의 인식도 바뀌어야 한다. 시력이 나쁘면 안경을 쓰듯 청력이 나쁘면 보청기를 착용하는 것이 자연스러워져야 한다.

루페를 끼고 수술을 하면 봉합사가 동아줄처럼 크게 보여 좋다. 노인성 난청으로 고통 받는 많은 어르신들도 보청기를 착용하여 타인과의 소통에 자신감을 회복하고 멋진 백 세 인생을 설계하시길 바라본다.

먹는다는 것

"자장면, 피자, 치킨."

편도 절제술을 받아 밍밍한 미음을 먹어야 했던 초등학생이 병실에 붙여 놓았던 '먹고 싶은 음식' 목록이다. "얘가 '먹방'만 보고 있어요." 보호자의 말씀에 "나도 봐도 될까?"라며 침대에 걸터앉아 잠시 먹방을 함께 봤다. 먹방 진행자는 한계에 도전이라도 하는 듯 자장면을 열 그릇 넘게 먹고 있었다. 먹방을 보는 내내 마음이 불편했다.

'먹는 방송(먹방)'이 인터넷에 등장한 지 십여 년 만에 '틀면 먹방'이라 할 만큼 안방극장을 장악했다. 먹방을 통해, 과도한 다이어트로 억눌렀던 식욕의 해방감을 느끼고, 희망이 안 보이는 답답한 현실에서 위로를 얻는 순기능도 물론 있다.

그러나 폭식(暴食), 괴식(怪食) 등을 보여주는, 도를 넘어선 인터넷 먹방은 음식 습관을 형성하는 시기에 있는 청소년들에게 '먹는다는 것'에 대한 잘못된 인식을 심어주지 않을까 걱정스럽다. 지난 2018년 대한비만학회가 인터넷 방송을 통한 먹방이 우리나라 청소년에 미치는 악영향이 매우 크다며 우려를 표하기에 이르렀다.

실제로 2016년 우리나라 남자 아동과 청소년의 비만율이 26퍼센트로 OECD 평균을 넘어섰다. 소아청소년기의 비만은 자라면서 당뇨병, 심장질환 등 각종 대사 질환에 걸릴 위험을 높여 걱정이 아닐 수 없다. 후각 못지않게 시각적 자극도 식욕을 불러오기 마련인데, 청소년 네 명 중 한 명이 인터넷 먹방을 시청하고 있다니 우려스럽다.

'먹방 규제'라는 논란이 있었지만, 2018년 보건복지부가 '국가 비만관리 종합대책'으로 폭식을 조장하는 TV나 인터넷 방송 등 미디어에 대한 가이드라인을 마련하고자 했던 이유도 여기에 있다. 영국에서는 2005년부터 열량만 높고 영양가는 낮은 정크푸드 광고를 규제해 실제로 효과를 보기도 했다.

먹방에 몰입할 수밖에 없게 만드는 '사회적 배고픔'을 해결하기 위한 근본적이고 장기적인 노력이 먹방 규제보다 시급함은 물론이다. 우리 사회는 젊은이들이 먹방에 빠져드는 이유를 먼저 파악해야 한다. 기성 사회에서 얻기 힘든 위로와 힐링을 먹방에서 찾고 있는 현실을 간과할 수만은 없기 때문이다.

아울러 '먹는다는 것'에 대한 우리의 성찰 또한 필요하다. 우리에게 '먹는다는 것'은 단순한 영양 섭취가 아니었다. 인간과 인간 사이의 관계를 연결하는 소중한 통로였다. 그런데 먹을 것이 넘쳐나면서 '먹는다는 것'의 사회적 의미는 퇴색하였다. 감정적으로 먹고, 쾌락을 위해 먹고, 심지어 다른 일을 연기하고자 먹는다.

먹방이 인터넷을 점령해 가는 동안 우리 주변에 식생활 취약 계층은 더욱 증가하고 있다. 2018년 10월 국회 국정감사에서 나온 자료에 의하면 중위 소득 30퍼센트 미만인 계층의 식료품 구매를 위한 월평균 지출액이 전체 가구 평균의 80퍼센트 정도에 불과했다. 빈곤층 내에서는 소득 수준이 낮을수록 영양 섭취가 더 감소했다. 이러한 식생활의 불평등은 영양 섭취의 불평등으로 이어지고 결국 건강 불평등을 초래할 수 있어 매우 우려스럽다.

"밥은 먹었니?" "진지 드셨어요?" 먹을 것이 부족하던 '배고픔의 시대', 우리가 나누었던 이러한 인사 속에는 밥 한 그릇 제대로 먹는다는 것이 만만치 않았던 어려운 이웃들을 향한 따스한 정과 배려가 스며 있었다. 서양 사람들이 "진지 드셨어요?"라는 우리의 인사말을 아름다운 한국어 중 으뜸으로 꼽은 까닭도 여기에 있다. 이런 인사가 사라지며 우리의 따뜻한 마음마저 사라진 것 같아 아쉽다.

"맛있는 음식은 이 세상 어머니의 수와 같다"는 말이 있다. 어머니가 자식에게 먹이는 음식만큼 사랑과 정성이 담긴 음식은 없다는 뜻이다. 사랑하는 사람과 음식을 함께 먹는 것, 어려운 이웃들과 나누어 먹는 것이야말로 진정한 행복이 아닐까? '먹는다는 것'은 '사랑'을 나누는 일이다.

청소년들의 수면 빚

해마다 새 학기가 시작되면 병원 담 너머 고교 교정에 학생들의 웃음소리가 넘쳐난다. 출근길에 만난 학생들의 눈빛도 한 해 전에 비해 더 초롱초롱해 보인다. 학생들의 그 눈빛이 올해는 작년보다 공부를 더 잘해 보겠다는 결심으로 읽혔다면 나 또한 우리나라 입시지옥에 길든 때문일까.

학창 시절을 돌이켜 보면 새 학기엔 연례행사처럼 새로운 목표를 세우고 그 결심을 책상 앞에 붙였던 기억이 난다. 예를 들면 '하면 된다', '불가능은 없다' 식의 급훈 수준 문구로, 지금 생각하면 웃음이 절로 난다. 그러나 입시를 코앞에 둔 고3이 되면서 책상 앞의 문구는 좀 더 구체적인 내용으로 바뀌었다. 바로 '4당 5락'. 그 당시 많이 유행했던 말로 네 시간 자면 대학에 합격하고, 다섯 시간 자면 불합격의 고배를 마시게 된다는 다소 비장한 뜻이었다. 평소 잠이 많았던 나는 잠만 줄이면 좋은 대학에 합격할 수 있을 것으로 생각했다. 수면장애 환자를 치료하면서 수면에 대해 조금 알게 된 지금 생각해보면 참으로 어이가 없는 목표가 아닐 수 없다.

누구나 평생의 3분의 1을 잠자리에서 보낸다. 우리가 살아가면서 가장 많은 시간을 투자하는 일인 셈이다. 수면은 온종일 수고한 몸속의 여러 장기가 달콤한 휴식을 취하고 에너지를 충전하는 시간이다. 성인보다 청소년 시기의 수면은 더욱 중요해 신체에 결코 부족해서는 안 되는 필수 비타민에 비유될 정도다. 성장에 필요한 각종 호르몬이 분비되고 병균이나 스트레스와 싸울 수 있는 면역력이 강화되는 시간이 바로 청소년기의 수면이다.

그러나 입시지옥에 내몰린 우리나라의 청소년은 불행하게도 만성적인 수면 부족 상태에 있다. 미국 국립수면재단은 청소년에게 최소한 여덟 시간 이상의 수면을 권장하고 있다. 하지만 한국청소년정책연구원의 「2014 한국 아동·청소년 인권실태 연구」에 따르면 우리나라 고교생의 평균 수면 시간은 5시간 27분에 불과했다. 이는 4년 전보다 한 시간 줄어든 것이다. 특히 고교생의 69.5퍼센트는 "잠이 부족하다"고 느끼는 것으로 조사됐다. 4당 5락이 진리처럼 회자되는 고3이 되면 이런 수면 부족 현상은 더욱 심각해진다.

부족한 잠은 고스란히 몸속에 빚으로 남게 되는데 이것을 '수면 빚'이라 한다. 수면 빚이 몸에 쌓이게 되면 주간 졸림 현상이 심해지고, 결국 학습능력의 저하로 이어진다. 2011년 인천지역 2,383명의 학생을 대상으로 부족한 잠과 학업 성적과의 연관성을 분석해본 결과 수면 빚이 적은 학생일수록 우수한 학업 성적을 보였다.

또 수면 빚은 금전적인 빚과 같은 특징이 있는데 반드시 갚아야 한다는 점이다. 전날 부족했던 수면 시간만큼 다음날 수면을 더 취함으로써 수면 빚을 갚게 된다. 그러나 우리 청소년은 빚을 갚을 시간도 없이 입시 공부에 내몰리고 있다. 이처럼 장기간 누적된 수면 빚이 청소년의 건강을 위협하고 있다.

우리나라는 국가 채무로 고생한 뼈 아픈 기억이 있다. 그러나 금융 부채 못지않게 중요한 것이 자라나는 청소년의 건강을 위협하고 있는 수면 빚이다. 나랏빚을 갚기 위해 국채보상운동이 일어났던 것처럼 청소년의 모자란 잠을 보충해주기 위한 '수면 빚 보상 운동'에 어른들이 나서야 하지 않을까.

731부대와 의료윤리

동(冬) 섣달에도 꽃과 같은, 얼음 아래 다시 한 마리 잉어(鯉魚)와 같은 조선 청년시인

시인 정지용은 윤동주의 유고 시집 『하늘과 바람과 별과 시』의 서문에서 윤동주를 이렇게 그렸다. 학창시절 친구들이 일본말로 이야기하면 그는 애써 우리말로 대했다. 우리말로 쓴 그의 시는 늘 민족을 잊지 않았다. 그러나 윤동주는 1943년, 조선의 독립과 민족 문화 수호를 선동했다는 죄목으로 일본 경찰에 체포되어 2년 형을 선고받는다. 그리고 "죽는 날까지 하늘을 우러러 한 점 부끄럼이 없"는 삶을 살았던 그는 광

복을 6개월 앞둔 1945년 2월, 외마디 비명만을 남기고 후쿠오카 형무소에서 의문의 죽음을 맞는다.

"동주와 나는 계속 주사를 맞고 있어요. 그 주사가 어떤 주사인지는 모릅니다." 윤동주의 시신을 거두러 부친이 형무소에 들렀을 때 함께 투옥되었던 사촌 송몽규가 면회 중 들려준 말이다. 그 역시 한 달 뒤 같은 감옥에서 급사했다.

일본군은 1932년 중국 헤이룽장성 하얼빈에 '731부대'를 세웠다. 이 부대에서는 손발을 인위적으로 얼리는 동상 연구, 물만 먹고 얼마나 견디는지 보는 실험 등 잔혹한 전쟁범죄가 자행되었다. 피험자는 통나무라는 뜻의 '마루타'라는 은어로 통용되었는데, 포로로 잡힌 조선인과 중국인들이 많았고 여성이나 아이들도 있었다.

나치 역시 2차대전 중 유대인을 상대로 잔혹한 인체실험 범죄를 저질렀다. 종전 후 독일 뉘른베르크에서 전범 재판이 열렸는데 많은 독일 의사들이 심판을 받았다. "명령에 따른 것뿐"이라는 의사들의 변명은 재판에서 받아들여지지 않았다. 세계의사회(WMA)가 "의사에게는 비인도적 행위를 거부할 의무가 있다"고 밝힌 것도 같은 맥락이다. 나치 의사들의 단죄를 계기로 인간 대상 의학연구에서 '자발적 동의'가 절대적 필수라는 「뉘른베르크 강령」이 나왔다.

그러나 일본의 전범 의사들은 731부대의 연구 결과를 미국에 제공한 대가로 면죄부를 받고 처벌을 피했다. 오히려 일본에서는 생체실험 참여가 부끄러운 일이 아니라 업적이 되었다. 생체실험을 주도했던 이들은 의학계 주류가 되었다. 일본이 731부대의 비인도적 행위에 대한 진정한 반성 없이 침묵으로 일관하는 이유가 여기에 있는지도 모른다.

"731부대는 항일독립군인가요?"

지난 2009년 한 국회의원이 대정부 질문에서 당시 국무총리에게 731부대를 알고 있는지 질의했을 때 돌아온 어이없는 대답이다. 과거에 대해 눈을 감으면 현재도 볼 수가 없다. 일본의 식민통치에 항거한 그날을 기억함과 동시에 일제 강점기에 자행된 비인도적 의료윤리 파괴행위도 결코 잊어서는 안 된다. 지금이라도 731부대의 진실을 제대로 검증하고 역사적 심판을 해야 한다. 이러한 과거사의 극복이 있어야 모든 사람의 인권과 존엄성이 보장되는 의료윤리를 고민하고 지켜낼 수 있다.

단죄 받지 않은 역사는 되풀이된다.

수술하는 로봇

"선생님, 수술하는 로봇은 어디 있어요?"

외래 진료를 보던 어느 날 한 초등학생으로부터 받은 질문이다. 아마도 병원 어딘가에 녀석이 좋아하는 장난감 로봇 모양의 수술하는 로봇이 있다고 생각하는 것 같았다. 그러나 의사처럼 두 다리로 수술대에 서서 직접 수술을 집도하는 로봇은 수술실 어디에도 없다.

'로봇(robot)'은 '강제로 일한다, 노동, 노예' 등을 뜻하는 체코어 'robota'에서 기원한 말이다. 1959년 최초의 산업용 로봇이 개발된 이후 눈부신 발전을 거듭해왔다. 자동차나 반도체 생산라인에서 이미 로봇은 중요한 역할을 하고 있다. 최근에는 인공지능을 갖추고, 감정까지 표현할 수 있는 말 그대로 '인조 인간'과 같은 로봇까지도 등장하고 있다.

지난 2005년부터 우리나라 대형병원에 수술용 로봇이 등장했다. 머리도 몸통도 없이 단지 네 개의 팔만 있어 마치 괴물처럼 보인다. 로봇 수술을 할 때 집도의는 환자의 몸에 칼을 대지 않는다. 수술대와 떨어진 콘솔박스에서 로봇이 카메라로 찍어 보내준 영상을 모니터로 보며 양손으로 조종 장치를 원격으로 움직여 수술을 한다. 환부를 절개하지 않고, 복강경 수술처럼 사람 몸에 미리 1~4개의 구멍을 뚫어 로봇 팔을 넣는다. 하나의 팔에는 카메라가 달리고, 나머지 세 개의 팔에는 가위나 집게, 그리고 소작기 등이 장착된다. 집도의의 조종에 따라 로봇 팔이 움직여 종양을 떼어내기도 하고 수술 부위를 봉합하기도 한다.

로봇 수술은 열 배 이상 확대된 영상을 보면서 수술을 진행할 수 있고 미세 수술시 손 떨림이 없다는 장점도 있다. 가느다란 로봇 팔은 상하좌우는 물론 회전도 가능해 개복 수술 시 집도의의 손이 닿기 힘든 전립선, 직장, 갑상선 등 좁고 깊은 공간의 수술에 효과적이다.

그러나 로봇 수술이 기존의 모든 수술법을 뛰어넘는 만능 신기술은 아니다. 로봇 수술은 출혈 등 응급 상황에 신속하게 대응하기 어렵다. 또 로봇 수술에 익숙해지기까지 상당히 오랜 시간의 훈련과 시행착오가 필요하다.

무엇보다도 비용 문제가 크다. 한국보건의료연구원이 2015년 5월 발표한 「전립선암에서 로봇 수술의 경제성 분석」 연구 결과에 따르면, 로봇 수술을 받은 환자군의 평균 의료 비용은 약 1,800만 원으로 복강경 수술에 비해 약 950만 원, 개복 수술에 비해 약 1,180만 원 더 비싼 것으로 파악됐다. 아울러 비용 대비 효과를 고려할 때 로봇 수술이 기존 수술의 합리적 대안으로 보기 어렵다는 판단도 함께 제시했다. 로봇 수술비가 비싼 가장 큰 이유는 고가의 장비 때문이다. 수술용 로봇 '다빈치'의 가격은 무려 30~40억 원이다. 열 번 사용할 때마다 로봇 팔을 교체해야 하므로 연간 유지비용에만 2억 원 이상이 든다. 병원에서 초기 도입 비용을 제하더라도 연간 150~200건 이상을 수술해야 유지 비용을 충당할 수 있게 된다.

로봇 수술의 효용성에 대한 근거가 부족한 상황에서 일부 대형병원은 무리하게 로봇 수술의 적용 범위를 확대하고 있어 우려스럽다. 미국과 유럽 등에서는 주로 전립선 수술 등 한정된 수술에 로봇이 이용되지만, 우리나라에서는 위암, 갑상선암, 대장암, 부인암 그리고 일부 이비인후과 질환에 이르기까지 광범한 수술에 로봇이 이용되고 있다. 개복이나 복강경으로도 충분히 할 수 있는 수술을 굳이 로봇 수술을 해야 하느냐에 대한 논란이 끊이지 않는 이유다.

2020년 3월 현재 우리나라 병원에는 총 91대의 수술용 로봇이 가동 중이다. 지난 2005년 처음 수술용 로봇이 도입된 이후 로봇을 이용한 수술이 꾸준히 증가해 현재 연 1만 건에 육박하고 있다. 로봇 수술을 안 하는 병원은 뭔가 뒤처진 병원처럼 인식되면서 고가인 수술용 로봇의 수입을 부추기고 있다.

병원에서 환자에게 건강보험이 적용되는 개복 수술이나 복강경 수술 대신 로봇 수술을 종용해서는 안 된다. 로봇 수술의 장점만 과대 포장할 것이 아니라, 수술 방법에 따른 장단점을 환자들이 올바로 판단할 수 있도록 정보를 제공해야 한다. 로봇으로 수술이 가능한 모든 질환을 찾아내고 최첨단 수술법인 양 광고할 것이 아니라, 로봇 수술이 반드시 필요한 경우에만 환자에게 권해야 한다.

지난 2010년 보건의료연구원에서 열린 토론회에서 우리나라 로봇 수술 1세대인 한 교수는 "병원들이 수입을 위해 일부 불필요한 상황에서도 환자들에게 로봇 수술을 무리하게 권하고 있습니다. 충분히 안전하게 실시할 수 있는 수술을 무리하게 로봇으로 진행하는 난센스가 벌어지고 있습니다"라며 로봇 수술을 한국에 도입한 사람으로서 양심의 가책을 느낀다고 했다.

'로봇'이라는 말은 체코의 유명한 극작가 카렐 차페크가 1920년 발표한 희곡 「로섬의 유니버설 로봇」에 등장하면서 퍼졌다. 이 작품에서 로봇은 시간이 흐르면서 그동안 인간이 했던 많은 일을 대체하게 된다. 마침내 로봇은 반란을 일으킨다. 그러나 희곡에 그려진 로봇의 세상은 매우 비관적이다. 결국 개량의 필요성을 느낀 로봇이 다시 인간을 찾아온다는 이야기로 희곡은 마무리된다.

지난 2014년 서울의 모 대학병원이 로봇 수술을 하는 의사들에게 적지 않은 특별수당을 지급해 논란이 되었다. 이러한 인센티브제가 의사가 환자에게 로봇 수술을 과도하게 권하는 환경을 만들 수 있다는 우려의 목소리가 터져 나왔다. 수술용 로봇이 환자들에게 진정한 희망이 되기 위해서는 무엇보다도 로봇을 조종하는 의사의 마음가짐이 중요하다. 수술용 로봇과 같은 첨단 장비를 환자 치료에 이용하면서 의학적 필요성보다 경제적 이익을 먼저 고려한다면 100여 년 전 차페크가 희곡에서 우려했던 비관적 세상이 우리 앞에 펼쳐질 수 있다.

수술용 로봇 팔에는 메스가 달려 있다. 하지만 로봇은 영원히 집도의가 될 수는 없다. 의사들이 마음속에 소중하게 간직해야 하는 '환자에 대한 의사의 양심'을 로봇은 영원히 가질 수 없기 때문이다.

당신이 나의 백신입니다
감염병과 혐오의 시대, 의사 김동은이 만난 아름다운 사람들

초판 1쇄 발행 2020년 6월 22일
초판 3쇄 발행 2021년 10월 18일

지은이 김동은
펴낸이 오은지
책임편집 변홍철
편집 오은지 변우빈
디자인 정효진
펴낸곳 도서출판 한티재 **등록** 2010년 4월 12일 제2010-000010호
주소 42087 대구시 수성구 달구벌대로 492길 15
전화 053-743-8368 **팩스** 053-743-8367
전자우편 hantibooks@gmail.com **블로그** www.hantibooks.com

ISBN 979-11-90178-27-3 03810

이 도서의 국립중앙도서관 출판예정도서목록(CIP)은 서지정보유통지원시스템 홈페이지(http://seoji.nl.go.kr)와 국가자료종합목록 구축시스템(http://kolis-net.nl.go.kr)에서 이용하실 수 있습니다.
(CIP제어번호 : CIP2020022498)